歴屍物語集成

畏《い》怖《ふ》

序章

東北の鄙《ひな》びた漁村には不釣り合いな、﨟長《ろうた》けた女だった。

見た限り、歳の頃は三十かそこらだろう。目を瞠《みは》るほどの美人というわけではないが、どことなく品があり、それでいて愛嬌《あいきょう》も感じさせる。言葉遣いも茶を淹《い》れる仕草にも、田舎《いなか》じみた風はない。

「東京から偉い学者先生がいらっしゃるというので、村の連中はもう大騒ぎでしたよ。それがまさか、このわたくしに御用とは」

「お騒がせして申し訳ない」と、私は軽く頭を下げた。

村外れの森の中にぽつりと建つ、囲炉裏《いろり》付きの板の間と土間だけの小さな一軒家。女は、ここで独りきりで暮らしているらしい。

「先生は、物《もの》の怪《け》だの怪異だのの話を集めていらっしゃるそうですね。でしたら、わたくしに興味を持たれても不思議はございません。この村に、自分が何百年も生きていると言い張る、頭のおかしい女がいる。そんな噂をお聞きになったのでしょう？」

たおやかな笑みに引き込まれそうになるのを感じながら、私は「ええ、まあ……」と言葉を濁す。それと同時に、うなじのあたりがぞわぞわと粟立《あわだ》つ感覚もあった。

幼い頃、何度か神隠しに遭った。そのせいか、怪異を耳にすると居ても立っても居られなくなる。官僚としての勤めの傍《かたわ》ら、東に河童《かっぱ》が出ると聞けば駆けつけ、西に人魚のミイラがあると聞けば、八方手を尽くして手に入れた。だがそのほとんどは、思い込みや見間違い、あるいは単なる詐欺《さぎ》にすぎない。

しかし、この女は本物だ。この、うなじが粟立つ感覚は、神隠しに遭った時のそれとよく似ている。

逸《はや》る心を抑え、私は手帳とペンを取り出した。

「それで、あなたが不老不死であるというのは……」

ページを捲《めく》る手ももどかしく訊ねた私に、女は微笑《ほほえ》んで言う。

「その前に、いくつかの物語をいたしましょう。まだ、日も高《たこ》うございます。しばし、お付き合いのほどを」

有《う》我《が》——一二八一年、壱岐

矢野 隆

矢野隆（やの・たかし）
一九七六年、福岡県生まれ。二〇〇八年『蛇衆』にて第二一回小説すばる新人賞を受賞しデビュー。一八年福岡市文化賞を受賞。二一年『琉球建国記』で第一一回日本歴史時代作家協会賞作品賞を受賞。近著に「戦百景」シリーズ、『さみだれ』など。

……だ……。
……だれ……。
われ……。
……れはだ……だ。

我は誰だ。
思い出せない。
揺れている。
船……。
覚えていない。
なにも。
動く。
手も足も……。
渇く。
堪《たま》らない……。

のそり。

男は恐ろしいほどに重い頭をゆっくりと持ち上げた。

寝転がっていたのだろう。頭を持ち上げようとした際に上体を起こしたようである。座るような体勢になると同時に持ち上がった頭が、みずからの重さを支えきれずに前に倒れた。

座っている己の胸を男は見つめる。

鎧《よろい》を着込んでいた。

見慣れた己の鎧であることは、一見するだけでわかった。弦走《つるばしり》にあしらわれた雲雀《ひばり》の文様を忘れるはずもない。我が家の紋である故、その雲雀が御主の身を守ってくれるはずだと、普段は笑わぬ父が微笑《ほほえ》みながらつぶやき、着せてくれた日のことをはっきりと覚えている。

父……。

覚えている。

なのに、顔が思い出せない。微笑んでいるはずの父の顔に暗い靄《もや》がかかっている。

名はなんと言ったか。

頭の芯が痺《しび》れて言葉が上手く形にならない。

「うが……」

うつむいている己の頭を持ち上げようと重心を後方に移すと同時に、虚《うつ》ろに開いた口から唸《うな》り声が漏れた。言葉にならぬ獣じみた声を耳にして、男は我が身を疑う。

己の声ではない……。

父の名はおろか、己の名すらも忘れているくせに、何故だかそう思った。

いったい、なにが起こっているのか。己の体はどうなってしまったのか。ここは何処《どこ》なのか。

脳裡《のうり》を問いが駆け巡る。ひとつとして答えは出ない。焦りだけが、身中で膨らんでゆく。

とにかく……。

ここがどこなのかを確かめなければ。

足に力を込め、重い体を持ち上げる。両足で踏ん張って、なんとか立ち上がってはみたものの、腹に力が入らないから体がぐらついて仕方が無い。

丹田で気を練って、全身の緩みを引き締めなければならぬ……。

男は鼻の穴から息を吸いこもうと胸に力を込めた。

「うぅぅ」

息が。

できなかった。

どれだけ胸と腹に力を込めてみても、気が鼻から入ってゆかない。気が入ってゆかぬから、胸中に満ちることはない。満ちていないから、吐くこともできぬ。結果、丹田に溜まるはずもない。

息ができぬのに、男は立っていた。揺れる木の床になんとなく両足を付けながら、ままならぬ頭を頬が左肩に付かんばかりに傾けたまま落ち着かせ、ぼんやりと立っている。

「海野《うんの》……」

誰かの声が聞こえた。

左の方。

重い頭を捻《ひね》るより、体ごと回す方が得策かと考えた男は、左足を軸にして、ゆっくりと右足を前に出しながら回転し、声が聞こえた辺りが見えるところまで己の目を持ってゆく。

骸《むくろ》の山……。

右に左にと傾く木の床に、無数の骸が転がされ、山を築いていた。そのどれもが、鎧を着けている。

敗《ま》け戦《いくさ》の後の戦場のようであった。が、男が立っているのは、四方を木の壁で覆われた部屋であるらしい。戦に敗れて打《う》ち棄《す》てられたというよりも、わざわざこの部屋に運ばれたといった方が適当な光景であった。

「海野……。海野ではないか」

骸の山から声が聞こえる。

「うぅうあぁ……」

応えようと男も声を発してみるが、相変わらず獣が唸るかの如き物しか虚ろに開く口からは出て来ない。

海野。

聞き覚えのある響きであった。

「どうした。御主は海野三郎輔友《さぶろうすけとも》であろう」

掠《かす》れた声が問う。

折り重なる骸の隙間に、声の主の顔を見付けた男は、思うように膝が曲がらぬ棒のようになった足を引き摺るようにしながら交互に動かし、ゆっくりと近づいてゆく。

「おぉ、確かに海野三郎じゃ……。だが……」

骸の隙間から覗く青ざめた男の顔に陰りが走る。

「どうした、その顔は。まるで死人ではないか」

「おうあぁぁ」

我は海野三郎と申すのか。

そう問うたつもりであった。

「ば、化け物か」

吐き棄てた男の顔が歪む。

喉《のど》が鳴る。

渇いた。

喉が渇いて堪らない。

「うがぁぁっ！」

気付いた時には男の額《ひたい》に喰らい付いていた。

剝き出しになった歯の左右に突き出した鋭い牙が、つるりとした男の額の皮を突き破り、骨を砕く。何故、そのような物が生えているのか、三郎自身にも解らない。解らぬが、そんなことに戸惑いを覚えているような余裕はなかった。

砕かれた骨の奥からほとばしり出たぷるりとした甘い果実を貪《むさぼ》ることに夢中で、なにも考えられない。紅《くれない》の汁に包まれた薄桃色の果実を噛《か》む度に、中から甘い蜜が流れ出て、三郎の渇きを癒やしてくれる。

「かっ……かっ……かっ……」

先刻まで己の名を呼んでいた男の青白い顔は紅の汁で濡れ、生気を帯びていた瞳からは光が失せ、白眼を剝いたまま短い声を吐き続けている。

美味《うま》い。

それだけしか考えられない。

牙と舌で男の額の傷を押し広げ、薄桃色の果実を無心に貪り喰らう。甘い潤いが四肢にまで行き渡ると、不意に三郎の背筋を雷が走り抜けた。

「いつまでも御待ちいたしております」

抱きしめていた。

愛おしい何かを。

穏やかな気持ちが蘇《よみがえ》る。

誰かを待たせている。

「功とともに必ず帰って来る。その時は……」

うららかな春の日差しに覆われていた三郎の視界が、どす黒い血に染まる。眼前には額がぱっくりと割れた男の顔があった。

刹那の夢か……。

胸元に抱いていた柔らかな何か。

あれは何だったのだろう。

果実の失せた血塗《ちまみ》れの頭を放り、三郎はゆるりと立ち上がる。不思議と骸の山には食指が動かなかった。

渇きはなんとか治まったようである。

「うごぉあ」

喉が潤っても声はいまだ獣のまま。束の間の幻で、胸中の何かに語りかけていたのは間違いなく三郎自身であった。涼やかな響きをもって己の頭骨に響く声を、はっきりと覚えている。

足元の揺らぎは収まらない。

船。

何故だか脳裡にそのひと言が思い浮かぶ。

骸の山と己以外に、部屋のなかにはなにもない。

戦……。

またも言葉が頭を過《よぎ》る。

戦っていたのだろう。

三郎も骸たちも。

何者かと。

そして恐らく。

敗れた。

「ターユーッ！」

訳の分からぬ言語が三郎の耳に飛び込んで来る。

声のした方にあった木の扉が激しい音とともに開かれた。そして、屍《しかばね》と三郎だけしかいなかった部屋のなかに、見慣れぬ姿の男が足を踏み入れていた。

「がぅ……」

獣の声で応えつつ、三郎は男の方へと足を踏み出す。

「ゴッ、バ、エ……ヌッド、ホイ……ダッ！」

尖った音だけがはっきりと聞こえるのだが、意味はまったく分からない。男の発している声は、どうやら言葉であるらしいのだが、三郎には一語たりとも理解できなかった。

先刻喰らった男が発した言葉は理解できた。おかげで己が三郎という名であることを思い出せた。

装束もまた、見慣れぬ物だった。

丈の長い衣を腰帯で留め、その隙間から鎧のような物が覗いている。頭には鍋を裏返したような兜《かぶと》をかぶり、露わになった顔の鼻の下から半分が髭《ひげ》で真っ黒だった。頬と鼻の頭が桃色に染まり、それ以外の肌は陽に焼けて浅黒い。

倭人《わじん》ではない。

一見して解る。

「がわぅうぅ……」

何者だ。

そう三郎は問うたつもりだった。しかし口から洩れ出したのは、相も変わらず生臭い唸り声である。

いい加減うんざりしていた。

この訳の分からない状況に。

「ヂュッ……マリ……サンッ！」

髭面の男が腰に差していた刀を抜き放ちながら叫んだ。

刀……。

三郎が知るそれでは無かった。倭人が持つ彎曲《わんきょく》した刀ではなく、真っ直ぐに伸びた剣の両側に刃が付いている。身幅も細く、振って斬るような代物《しろもの》では無かった。

「フワ……ソッ……バヌッ！」

切っ先を掲げながら、異国の男が叫んでいる。どうやらみずからの方へと歩みを進めてくる三郎を恐れているようだった。

「うがが……」

両腕を男の方へと伸ばしながら、三郎は言い募る。

手向かうつもりは無い。

そう伝えようとしたつもりだった。しかし、三郎の獣の声も、男の言葉も通じない。互いの心根を解り合えるはずもない両者は、三郎の意思のままじりじりと間合いを詰めてゆく。

異国の男は剣を振り上げながら、なおも叫ぶ。しかしその足はいっこうに、三郎の方へ進む気配はない。開かれたままの扉を背にして、かすかに震えている。

なにがそんなに恐ろしいのか……。

三郎にはまったく理解出来ない。

こちらは確かに甲冑《かっちゅう》を着込んではいるが、得物は持っていない。男を害するつもりもないのだ。

ただ……。

渇いている。

いや。

先刻渇きは癒やしたはずだ。

倭人の。

恐らく同胞であった者の頭のなかの果実で。

渇いていないはず。

いや。

渇きは治まらない。

「うが」

渇いていると思うと、目の前の髭面が堪らなく欲しくなった。

膝の曲がらぬ三郎の足がぐいぐいと間合いを削ってゆく。

「ビッ！　ギリッ！　イッ！」

同じような響きの言葉を男が繰り返す。なにを言っているのか解らぬが、言葉の勢いで〝来るな！〟というようなことを言っているのだろうと理解する。

そんな訳にはいかない。

行く。

間合いを詰める。

美味そうだから……。

「うがぁ」

両腕を上げたまま、三郎は剣を突き出す男へ向かってゆく。

銀色に輝く刃は目に入っていない。

ただひたすらに、兜の下から覗く男の汗ばんだ額を目指して、思うままにならぬ足を進める。

「ひぃぃぃっ！」

いまの声だけは、三郎にも意味がわかった。

恐れのあまりに心の裡《うち》からほとばしり出る、生き物の音である。

知らない。

くれ。

果実を。

抱き付こうとする三郎の胸元目掛けて、男が目を閉じながら剣を突き出した。

「うご」

鎧を貫いた切っ先が、そのまま胸板を刺して背中から飛び出す。

痛……くなかった。

なにかが体を貫いたという感覚すら、三郎は感じなかった。

「ひいいっ！」

剣を胸に受けてもなお止まらず己に向って近づいて来る三郎を見る男の目から、涙がほとばしる。

掲げた右手で兜をむしり取りながら、左手を男の頭の後ろにまわす。尖った爪を頭に突き立ててしっかり固定すると、脂汗で光る果実の硬い皮に牙を突き立てた。

「ビュッ！」

それが男が発した最後の声だった。

甘い。

甘い甘い。

甘い甘い甘い。

甘い甘い甘い甘い甘い甘い甘甘甘甘甘あまあまあまあああああああ……。

砕く。

噛む。

喰らう。

吸う。

舐《ねぶ》る。

呑む。

毟《むし》る。


胸を貫く剣はそのままに、三郎はただひたすらに果実を貪り喰らう。甘さが喉を通る度に、手足の指先まで心地よい痺れが駆け巡り、脳髄《のうずい》を蕩《とろ》けさせる。

みずからの体が求める欲に、これほど忠実だったことが、いままであっただろうか。舌の上で蕩ける甘美な味が、三郎の総身を包み込む。

視界に白い靄がかかり、意識が遠のいてゆく。


「敵は怯《ひる》んどるっ！　押せっ！　こん島から追い出すとが儂等《わしら》ん務めじゃっどっ！」

島津久長《しまづひさなが》……。

叫ぶ声の主の名だ。

三郎は太刀を振り上げ駆けている。その前を行く久長の朱色の威《おど》し糸で彩られた大鎧が激しく揺れていた。

鎌倉御家人の猛攻を受け、敵が逃げ惑う。異国の装束に身を包み、手に短い弓を持ち、訳の解らぬ言葉を発しながら、壱岐《いき》の島に停泊しているみずからの船目掛けて駆けている。

「追えっ！　二度と日ノ本に攻め込むような気にならんごと、叩き潰してしまっどっ！」

久長の声に尻を叩かれるようにして三郎は駆ける。

手柄……。

どうしても得なければならない。

認めさせなければならぬのだ。

あの女子《おなご》の父に。

己のことを。

海野三郎輔友が一廉《ひとかど》の武士であるということを。

誰にも文句を言わせはしない。

あの女子は我が妻となるのだ。

そのためにも……。

「待たんかぁっ！」

逃げ惑う異国の兵の背中目掛けて太刀を振るう。

そのまま後ろから馬乗りになって、兜を剝いで髪を引っ張り、露わになった首に刃を添える。

首だ。

もっともっと……。

喉を裂いて仕留めてから、鋸《のこぎり》を引くように何度も何度も刃で肉を裂いて首を断つ。

残りは皮一枚。

自然と口許がほころぶ。

視界が白く染まる。

爆音が耳を貫く。

てつはう……。

仲間がそう呼んでいた敵の武器のことが脳裡を掠めた刹那、三郎は途絶えた。


空っぽになった頭骨を放り出すと、すでに骸と化していた異人が腰から崩れ落ちるようにして床に倒れた。

揺れている。

やはりここは船の中だ。

またも夢を見ていた。

戦をしていた。

壱岐の島で。

異国の敵と。

三郎は爆発の轟音《ごうおん》と閃光《せんこう》のなかで、意識を失った。そして、次に気付いたのは、骸の山が築かれた部屋のなかだった。

少しずつ思い出してきた。

己は武士だ。

薩摩《さつま》の御家人、島津久長の家人《けにん》である。

そう……。

あの骸の山は同胞たちだ。久長の姿はなかったように思う。

いったい、どうなってしまったというのか。

「ゴワ……バ……ヌッ！」

部屋の外が騒がしい。声高に叫ぶ異国の男たちが、廊下を駆けている。この部屋の異変に気付き、現れた兵の群れであるらしい。

「て……が……ら……」

やっと人の言葉のようなものを発することができた。依然として獣じみた声ではあるのだが〝手柄〟という一語を、力が入らぬ舌の上に乗せることが出来たことに、三郎は満足している。

得物だ。

敵を屠《ほふ》るにしても、得物がいる。

「うが」

胸元を見ると、足元に転がる骸が持っていた剣が深々と突き刺さっている。

伸びた肘《ひじ》に力を込めた。

曲がれ……。

黄色い牙がぎりりと鳴る。

小刻みに震える右腕が、ゆっくりと曲がってゆく。

右腕で柄を握り、今度は肘を伸ばしてゆく。

じゅり……。

じゅりじゅりじゅり……。

血の飛沫《しぶき》とともに、肉のなかから血塗れの直剣がぬるぬると抜け出てゆく。

痛みはまったく感じなかった。

息もしていない。

これだけ血肉に塗れているというのに、匂いをまったく感じない。

已はどうしてしまったのだろうか。

これではまるで。

骸ではないか。

「殭屍《キョンシ》ッ！　殭屍ッ！」

廊下に殺到する兵たちのなか、他の者とは違う装束の男が叫んでいる。意味は解らない。解らないが、已のことを言っているらしいと断じた三郎は、恐れを顔に貼りつかせた男に向かって、剣を振り上げる。

「う、うがぉう……」

来い。

威嚇《いかく》しようとしたが、やはり声は言葉になってはくれなかった。

部屋から踏み出した三郎を、刃の群れが囲む。前後いずれの廊下も敵が埋め尽くし、すべての手に思い思いの得物が握られている。

手柄首。

脳裡に浮かぶ言葉は、人の理であった。人である三郎にとって、群れ集う敵は己が武を示す功以外の何物でもない。

が……。

喉が鳴る。

武士として手柄を欲するよりも激しい衝動が、三郎を掻き立てる。

渇く。

総身が堪らなく渇く。

「うがぁぁっ！」

剣を振り上げ、三郎は敵目掛けて走り出す。先刻右肘を曲げたことで、膝も幾分軽やかになった気がする。棒のような足でばたばたと前進するというよりも、駆けているという方が適当なくらいには、足の動きが滑らかになっていた。

駆け付けたは良いが、敵は三郎を前にして狼狽《うろた》えきっている。刃を振り上げ、向かって来る者は一人もいない。

泣き顔のまま固まっている最前列の男の首筋に剣を振り下ろす。

斜めに斬り裂かれた男が、顔を歪めたまま倒れる。

「があっ」

床に伏せようとした男の頭を左手でつかんで持ち上げる。

軽い。

本来ならば目一杯力を込めて踏ん張って、やっと持ち上がるような巨体を、左手一本で軽々と立ち上がらせていた。

牙で額を割り、果実を啜《すす》る。

甘……。

だが。

一人にかかずらっている訳にはいかない。ひと吸いしただけで骸を放り出す。

深雪《みゆき》……。


白き閃光とともに、脳髄に言葉が湧く。

名前だ。

女子の。

己を待っている娘の名に違いない。

「ひえぇぇいっ!」

刃の群れから槍が飛び出し、三郎の肩口を貫いた。

「が」

短い声が虚ろに開いた三郎の口から洩れる。

もちろん痛みはない。

貫かれたまま、槍を突き出し震える男の両腕を横薙《よこな》ぎに断つ。肘から先を無くした男が悲鳴を上げて仰け反るのを追い、その額にかぶりつく。長い牙で皮と骨を砕きながら、そのまま果実の欠片を口中に含み、崩れ落ちる骸には眼もくれない。

ちりっ、という火花が散るような音とともに目の前が一瞬白色に染まる。


家人風情に我が娘はやれんっ！

耳障《みみざわ》りな声が頭の奥深くで響く。

女子の父か。

覚えている。

主だ。

久長の声ではないか。

思い出した。

深雪は主、久長の娘であった……。

家人ごときが主の娘を娶《めと》るなど許される訳がない。

だからこそ。

今度の戦で武功を望んだ。この国から戦が絶えて久しい。異国との戦でもなければ、もはやこの国で功など望むべくもない。

千載一遇の好機であった。

こんなところで潰《つい》える訳にはいかない。

「ぐるうぅ」

食いしばった黄色い歯の隙間から獣の声を吐きながら、三郎は肩の刃を引き抜く。

すでに二人、額を割られ絶命した。その様を間近に見た男たちが震えている。

いったい。

己の体はどうしてしまったというのか。これだけ傷を負っているというのに、まったく痛みを感じない。

これでは死人である。

人の脳を喰らう死人に成り下がってしまったのか。

解らない。

だが。

こんなところに留まっている訳にはいかない。

帰るのだ。

薩摩に。

深雪の元に。

果実を喰らう度に、不思議と体が軽くなってゆく。先刻よりも太刀を振るう腕に力が籠っている。

太刀筋も。

鋭い。

恐怖に引《ひ》き攣《つ》った異人の首が斜めに斬り裂かれ、血飛沫とともに宙に舞う。

喰らわない。

首を失った骸の隣で悲鳴とともに矛を振るった男を見定め、身を傾け刃を躱《かわ》すと同時に尖った喉仏にかぶりつく。

大きく開いた口から絶命の悲鳴を吐く男の首から噴き出す甘い汁を吸い、渇きを癒やす。だが、果実を喰らった時のような恍惚《こうこつ》は得られない。首の皮一枚で頭が繋がっている骸を投げ捨て、新たな獲物を視界に収めた。

彎曲した大振りの剣を振りかざしている。

男が振り上げた剣を三郎の脳天目掛けて振り下ろす。

この戦が始まるまで戦場を知らなかった三郎ではあるが、日々の修練は家中の誰よりもこなしていた。智の才はとっくの昔に諦めている。己には武しかない。そう見極めて、人が矢を百放つのならば千、槍を千振るのならば万。誰に止められても、己が満足するまで止めなかった。

頭上に迫る剣を見据え、両手で柄を握り刃を掲げる。男の振るう剣の軌道に、みずからの刃を合わせ、足腰を固めた。

甲高い音とともに、敵の剣が三郎の刃に弾かれる。

露わになった男の上体にむかって、三郎は体ごとぶつかってゆく。

左手で頭をつかみ、己が額にぶつける。鼻が潰れる鈍《にぶ》い音を耳にしながら、気を失いそうになっている男の額に牙を突き立て、皮と骨を砕く。

やはり美味い。

今度は額の奥深くまで果実を喰らった。

意味の解せぬ言葉を叫びながら、敵の群れが三郎目掛けて刃を振るう。

果実を喰らった恍惚に脳髄を痺れさせながら、三郎は舞うようにして己に飛来する死の閃光のことごとくを避ける。そして、一番間近にあった敵の額にかぶりつく。

どれほど貪ってみても、渇きはいっこうに治まらない。体の芯がかさかさに渇ききっていて、果実を喰らい、蜜を呑んでも、奥底まで染みてゆかぬようだった。

もっともっと……。

喰らえば喰らうほど、渇きは激しくなってゆくようだった。

廊下の敵が割れ、その先に階段が見える。

光だ。

揺れる階段のむこうから陽光が射しこんでいる。

仲間……。

三郎は階段を上る。

背後から追って来る敵の刃が、足首を斬り裂いた。

「ぐご」

視界が斜めに傾く。

左の足首から下を斬られたのだと気付いたのは、転んだ後だった。

痛みはない。

傷口から血も流れない。

立ち上がり、足首から先を失ったまま、階段を上り、光の只中《ただなか》へと踏み出す。

甲板に出た。

三郎のことは船内すべてに伝わっているのだろう。

数百人が乗り込めるであろう軍船の甲板を、得物を手にした異国の男たちが埋め尽くしていた。

海の只中である。周囲には同じような形をした見慣れぬ船が群れ集っている。異国の船なのであろう。百は下らない数であった。それだけの船に、眼前の甲板に群れる者たちと同じだけの数の敵が乗っているのだとすれば、いったいどれだけの敵が、日ノ本を襲うために群れ集っているというのか。

一人……。

目の前には敵の群れ。

どこまで殺《や》れるか解らない。が、武功のため、深雪のため、そしてなによりもいまだ癒えぬ渇きのため、三郎は止まるわけにはいかなかった。

「ぐるる」

喉を鳴らして一歩踏み出す。足首より先を失った左足も、万全な時となんら変わらぬように踏み込む。痛みがないから、足先が無くなったことなど大した問題ではなかった。

敵が雄叫びを上げて三郎に殺到した。

廊下で向かい合った敵とは段違いの数の刃の群れが、四方八方から迫って来る。

渇く。

刃には目もくれず、正面から向かって来る敵の槍を押し退けながら、首筋にかぶりついた。そんな三郎を首から血飛沫をほとばしらせる味方もろとも、無数の刃が貫く。

もちろん痛みは無い。

だからそのまま、首から牙を抜いて迷いなく額にかぶりつく。

刃で四肢を括りつけられたまま、三郎は脳という果実を喰らう。牙を鍬《くわ》のように使い、奥へ奥へと喰らい進む。

体を貫かれてもなお喰らうことを止めない三郎に、敵が怯んでいる。刃を突き出したまま息を呑む男たちの背後から、突然悲鳴が聞こえた。

三郎は果実に夢中で見ていなかったのだが、先刻己が上って来た階段の奥から、額に大穴を開けた屍が、ぞろぞろと湧き出てきていた。眼は白色に濁り、肌はどす黒く染まった屍たちは、三郎とはまた違った様相である。動く骸と化していたのは、三郎が直接喰らった者たちだけではなかった。三郎が食らった者たちが動き出し、彼等に脳を喰らわれた者たちまでもが、動く屍となって甲板に溢《あふ》れ出していたのである。

三郎だけに構っていられなくなった敵が、後方の恐慌の方へと切っ先を向けた。三郎を貫く刃たちもまた、彼の体から離れて屍の群れへと走り出す。

三郎を仕留めたと思いこんだのである。無理もない。この時、三郎は果実の甘さに酔い、忘我の境地にあったのだから。

先の戦では神の加護にて、敵は大風に流され去った。しかし、二度はなか。今度こそ、敵は日ノ本に攻めて来《く》っど。我等はたとえ一人になっても、敵に屈せず戦わないかん。死したとて……。たとえ首だけになっても、敵に喰らい付くとじゃ。良《よ》かな三郎。薩摩隼人《はやと》ん意地ば見せてやっとじゃ。もしも、御主が敵ん大将の首ば取ったなら、娘んことも考えてやっど。

「うが……」

五月蠅《うるさ》い。

空になった敵の頭を放り出し、三郎は我に返った。

突如として湧き返った屍の群れを前に、敵は恐慌の極致に達しようとしていた。誰もが階段の方へと得物を向けて、訳の分からぬ言葉を喚き散らしている。

体じゅうに穴を開けたまま、三郎は静かに近づいてゆく。

手にした剣で、己に背を向ける敵を貫く。

悲鳴すら上げることができずに腹を貫かれた敵が、後ろから頭にかぶりつかれ、そのまま絶命した。口のなかに果実を思いっきり頬張ったまま、三郎は次の獲物を品定めする。

「………」

何事かをつぶやきながら、一人の兵が皆に背中を向けて静かに逃げようとする。

三郎の存在に気付いた卑怯者が、肩をいからせて全身を強張らせている。

人の恐れを解するような心根をいつの間にか三郎は失ってしまっていた。

泣き顔のまま、振り返ろうとした卑怯者の首を剣で両断する。

宙に舞った首をつかんで、そのまま額にかぶりついた。

ひと嚙み。

脳以外の骨と皮を吐き棄てながら、三郎は恍惚の笑《え》みを浮かべる。

その姿は、もはや人では無い。人外化生《じんがいけしょう》の者として、三郎は現世へ転生していた。

そんな小難しい理屈など、三郎には不要である。

渇く。

それ以外のことはなにも考えられない。

幸い餌は目の前に腐るほどある。

痛みがないから躊躇《ちゅうちょ》がない。

己が牙と餌との最短距離を選んで進む。

本当に体が軽い。

喰らえば喰らうほど、四肢の動きが研ぎ澄まされてゆく。もはや船で目覚める以前よりも体が軽いと思えるほどである。

「うが」

しかし、舌は思うように動いてくれない。

これはいったいなんの呪いなのか。

あの骸だらけの船室で、なにをされたのか。己以外に、目覚めた者はいなかったと思う。骸の山で身動きが出来ずにいた、名前を教えてくれた男以外に、人の気配はなかったはずだ。

考えても答えが見つかる訳ではないのは重々承知していた。それでも三郎は頭のなかで問い続ける。そうしていなければ、そのうち頭のなかの言葉までもが、獣の雄叫びと化してしまいそうだったから。果実を喰らう度に、体が軽やかになってゆく度に、三郎が三郎であるためのなにかが崩れてゆくようだった。

言葉。

人として三郎を形作っている理は、言葉として体の裡に仕舞われているような気がした。人を喰らう度に、理から言葉がほろほろと欠け落ちて、少しずつ三郎を人ではないなにかにしようとしていた。

殭屍《キョンシ》……。

異国の男が三郎を指差して叫んでいた言葉を思い出す。音の塊でしかない意味すら解らぬ言葉であったが、妙に頭にこびりついていた。

己はもはや人ではなくなっているのかもしれない。

船室で目覚めた時から薄々は感じていた。人語を口に出来ず、思うままに己が身を操れぬ。まるで屍のまま目覚めたような心地であった。

人を……。

脳を美味いと思うこと自体、あり得ない話ではないか。これまで口にしてきたどの食物よりも、人の脳は味わい深く、どれだけ喰っても喰い飽きない。

恐ろしい。

己が。

牙を突き立て皮と骨を突き破り、一心不乱に脳を啜るなど、化け物の所業ではないか。そんな者が、武功など求めてどうするというのか。

そう……。

今の己の姿を見たら、深雪はいったいどんな顔をするのだろうか。

あの優しい笑顔で迎え入れてくれるのだろうか。温かい胸に導いてくれるのだろうか。安らかな眠りに誘ってくれるのだろうか。

美味い……のだろうか。

あぁ。

薩摩に帰りたくて堪らない。

何故、戦など起こったのか。

太平であったではないか。鎌倉の下、日ノ本の武士は平穏に治まっていたではないか。戦などとっくの昔に絶えていたではないか。

父のように戦を知らずに死にたかった。

深雪との縁も、武功など立てずともなんとかなったはずだ。二人の想いを熱心に伝えれば、きっと主も最後は解ってくれたはずなのだ。

異国から敵が攻めてくるなど思いもしなかった。

此奴《こやつ》らがいなければ、三郎は正気でいられたのだ。言葉を語れぬような体にならずに済んだ。人の脳を美味いと思うようなこともなかったのだ。

想う……。

理が崩れ落ちぬよう、人という形が消え去らぬよう、三郎は必死に脳裡で言葉を紡ぎ続ける。

だが。

「ごうわぅおぉぉぉぉぉぉぉっ！」

船上では血の宴が繰り広げられていた。

額を喰われた者が目覚め、新たな同類を生み出してゆく。三郎という原初から始まった死の連関は、いまや敵の船を埋め尽くそうとしていた。

操舵《そうだ》に関わっていた者たちにも死の侵蝕は進み、三郎を乗せた船は波に翻弄されながら、密集する仲間の船と幾度も激突している。その度に、衝撃とともに死人がいくつも漏れだしてゆく。もちろん、ただの死人ではない。

脳を欲する死人だ。

死が。

三郎の病が。

船を伝ってゆく。

方々で爆発が起こっている。

敵の使うてつはうなる武器の所為《せい》であろう。

周囲のことなど、三郎にはどうでも良かった。

「がうるぅうぅぅっ！」

むしゃぶり付く。

美味いとか甘いとか思うことすら忘れている。

獣が獲物を求めるように、生き長らえる糧として、三郎はただひたすらに人の頭に喰らい付く。

死人で埋め尽くされた甲板の上で、なおも強硬に人であり続ける者たちは、一騎当千の強者ばかりである。どれほど死人に襲い掛かられようと、決して怯まず、恐れを見せず、刃を振るい敢然と戦い続けている武人たちであった。

だからこそ……。

喉が鳴る。

「うごうごあぁぁっ」

流麗に槍を振るいながら、ひと振りで一人ずつ確実に死人を動かなくしてゆく壮年の男に狙いを定めた。

男は穂先を使わない。撓《しな》る柄で屍の四肢を的確に打ち、骨を砕いて動きを奪ってゆく。相対している敵が死なないことを、冷徹に弁《わきま》えている。死なないのなら、動きを封じるしかない。そう心得て、四肢を砕くことに集中している。だから、男の周囲には、胴や首をうねらせて、なんとか足に喰らい付こうとしている死人たちがいくつも転がっていた。男の足首に喰らい付こうとする度に、冷酷な踵が落ちて来て、上下の顎《あご》を砕かれ、喰らい付くことすら出来なくされ、無為に胴を揺するだけの肉の塊に変えられていた。

男の視線が、己へと向けられる殺気を感じて三郎の方へと向く。

蠢《うごめ》く足元の顎をばきばきと砕きながら、男が槍を構えたまま三郎へと突進してくる。

「うへぇ」

緩んだ三郎の口許が歪《いびつ》に吊り上がり、喜悦が声となって唇から漏れ出す。

気合とともに鼻から短い息を吐き出し、異国の銀の鎧を着込んだ男が両腕に持った槍を突き出す。異国の槍は日ノ本のそれとは違い、恐ろしいほど柄が撓る。穂先が甲板を削るほどに下方に突き出された槍が、男と三郎を隔てる間合いの中程あたりで、ぐいと迫《せ》り上がった。

天を突かんばかりに駆け上る切っ先が、だらりと両腕を下げた三郎の喉を貫かんとする。

「ひひ」

笑い声とともに三郎は腰から上をぐるりと回して槍を避ける。見下ろせば尻があるほどに、上体を捻っていた。人ならばそれだけで死に至るような動きである。

「ふひ」

笑みとともに捻った体を元に戻す。

痛みがないから、どれだけ無理な動きであろうと躊躇《ためら》いはない。さいわい筋が傷付いても節々が思うように動かなくなるようなこともなかった。骨が折れてもすぐに癒える。さすがに断たれた足の先は戻ってはこなかったが、露わになっていた傷口は堅い皮膚に覆われて、肉や骨が摩擦で砕け散るような恐れはなくなっていた。

そういう意味では、先刻から男が動きを封じている者たちとは一線を画しているのかもしれなかった。

始原……。

この船を覆い尽くす死の病の源が三郎であることが、体にも影響しているのかもしれなかった。

脳。

死人の群れのなかで、三郎だけが唯一額の裡に果実を有したままであった。

が……。

そんな理など、三郎にはどうでも良かった。

「うひ」

喜悦を口からほとばしらせながら、猛者《もさ》へと跳ぶ。

もはや人のそれではない。

剣はどこかに捨て去ってしまっている。

手足を甲板に付け、蛙《かえる》さながらに飛び上がると、矢の如き素早さで宙を舞い、槍で迎え撃とうとしていた男の初動よりも速く、牙の間合いに達していた。

着地と同時に、牙で額を砕きにゆく。

甲高い音が男の頭で鳴った。

あまりに夢中になり過ぎて兜をかぶっていることに気付いていなかった。

「うがぁっ」

怒りの声とともに、兜を捥《も》ぎ取りにゆく。何事にも動転しない男が、その動きを機敏に察知して、槍の柄を振り上げてみずからの頭に伸びようとしている三郎の両腕を弾き飛ばした。

これまでの者たちと明らかに違う。技の深さというよりも、男としての質量が異質であった。

この船の将……。

すっかり薄らいでしまった三郎の心に、そんな言葉が過る。

「ぶ、ぶごぉ」

武功とつぶやいたつもりだった。

束の間の三郎の逡巡《しゅんじゅん》になど、男は気付くはずもない。腕を払うために振り上げた槍を、虚空で一回転させて、けだものの脳天へと振り下ろす。

「うが」

咆哮《ほうこう》とともに、身をよじる。

が。

間に合わない。

左肩を柄が打つ。

ごぐっという鈍い音とともに、三郎の左の肩から先が異様なほどに垂れ下がり、掌が甲板に付いてしまっていた。

痛みはない。

その上。

動く。

すっかり伸びきってしまっている左腕が、鞭《むち》のようにのたうち回りながら、男の槍に巻きついた。

柄に腕を巻きつけられながらも、男は気丈に槍を構え続ける。

鞭を引くように左腕を操り、槍を捥ぎ取ろうとする。

男は三郎の動きに逆らおうとはせずに、槍を手にしたまま引っ張られる。そうして一気に間合いを詰めた男は、三郎に手が届くところまで近づいた刹那、甲板を蹴った。

槍を手放した男が叫びながら、膝を突き立てる。

男の尖った膝頭《ひざがしら》が、三郎の鼻っ面を打つ。痛みを感じないといえど、衝撃は頭を貫く。鼻が砕け、左右の眼が火花を放つ。

一瞬の隙が生じた。

着地した男が、左手を絡みつかせたままの槍をふたたび手にして、淀みない動きで、三郎の喉を貫く。

断たれてはいない。

男の腕が熟達のそれであったのが幸いした。正確に突き出された槍は、三郎の喉の中心を捉えていた。そのため首の左右の肉で、三郎の頭は胴と繋がっている。

「べあぁっ！」

三郎は喉を貫かれたまま柄を滑るようにして、男の手首を嚙んだ。

苦悶の声をわずかに吐いた男は、歯を食い縛って堪えながら、槍を左右に振って、首の肉を断とうとする。

嚙み砕く。

握力が失せた右手が槍から離れる。三郎はそのまま首を滑らせ今度は左手に迫った。

男はさすがに観念したのか、左手を柄から離し、三郎の牙を避けた。

喉に槍を突き刺したまま、三郎は立ち上がって、男と正対する。右手を押さえ脂汗を流す男の背後で、火柱がいくつも立っていた。周囲を埋め尽くす骸たちが、船上で暴れ回っている。悲鳴が上がっているのはこの船だけではなかった。海上の船という船から火の手が上がり、そこここから男たちの恐慌の声が聞こえている。

生きた屍が炎の海に満ち満ちていた。

「うひうひひひ」

異国の兵たちを包み込む死の渦の中心で、三郎は高らかに笑う。

もう……。

彼の脳裡には、薩摩も主もなかった。

深雪さえも……。

「ぶ、ぶごぉ」

己がなにを口走っているのかも解らない。

目の前の美味そうな果実だけが欲しくて堪らなかった。

右手を押さえ、三郎をにらむ男が苦悶の声を吐く。

ゆっくりと喉から槍を引き抜きながら、三郎は男の額から目を離せずにいる。

あそこに果実がある。

甘い甘い果実が。

「うがぁあああ」

男の瞳が白く濁り、口から涎《よだれ》が流れだす。大きく開かれた口からは、黄色い牙が覗いていた。

腐った……。

「うが」

三郎の口から失意の声が漏れた。

男が雄叫びを上げ、三郎に背を向け果実を求め走り出した。その後ろ姿を、突然甲板から沸き起こった爆炎が焼く。

もうこの船に果実は残されていない。

死に埋め尽くされた船は、炎とともに沈もうとしていた。

「うが」

三郎は手にした異国の槍を見つめる。

穂先の付け根あたりを両手でつかみ、力を込めた。人を超えた力で柄を折ると、穂先を両手で握りしめた。

炎を見上げひざまずく。

「みゆき……」

火に照らされた三郎の頬を、ひと筋の光が零《こぼ》れ落ちる。

大きな穴が空いた首を傾けた。

穂先を首に当てる。

「ぐっ」

力を込めて、左右の肉を断つ。

ごとり……。

甲板の上に三郎の首が転がる。

「うぅぅ」

死ねなかった。

顎は動く。

眼も見える。

どうやら頭を失ったまま、手足がばたばた動いているようだった。

頭と胴が離れた姿では、思うままに動くこともできない。

「があぁぁぁっ！」

怒りとも嘆きともつかぬ声で吠《ほ》えた三郎を爆炎が包んだ。


この日、日ノ本に襲来していた元《げん》の船団は、海から忽然《こつぜん》と姿を消した。残された侍たちは、神が吹かせたもうた大風の所為《せい》だと喜んだ。後世の者は、長い遠征のため兵站《へいたん》に不安を覚えた元軍が兵を退《ひ》いたと噂した。

故郷に戻った異国の兵士たちが、生きた屍のことを口にすることはなかったという。

そして、日ノ本と元の戦が終わったという事実だけが残された。

死霊の山——一五七一年、近江比叡山

天野純希

天野純希（あまの・すみき）
一九七九年生まれ、愛知県名古屋市出身。愛知大学文学部史学科卒業。二〇〇七年に「桃山ビート・トライブ」で第二〇回小説すばる新人賞を受賞しデビュー。二〇一三年『破天の剣』で第一九回中山義秀文学賞、一九年『雑賀のいくさ姫』で第八回日本歴史時代作家協会賞作品賞を受賞、二三年『猛き朝日』で第一一回野村胡堂賞を受賞。近著に『もろびとの空 三木城合戦記』『吉野朝残党伝』など。

一

「な、なあ、ちょっと待っとくれや。あと半月……いや、十日くれたら、きっちり返すよって……」

袖《そで》に縋《すが》らんばかりに懇願する中年男の顔を、俺は高下駄《たかげた》で蹴りつけた。

口から血を撒《ま》き散らしながら土間にひっくり返った男が、ぎゃあぎゃあと悲鳴を上げてのたうち回る。

「うるせえよ」

弟分の石見坊《いわみぼう》が、男をさらに二度、三度と蹴りつけた。大柄で厳《いか》めしい相貌そのままに、蹴り方には容赦がない。

男は近江国《おうみのくに》、坂本《さかもと》の町で古着を商《あきな》う小さな店の主だ。居合わせた客は、俺と石見坊の姿を見るなりさっさと逃げ出していた。

「堪忍しとくれや。あんたら、仏に仕える身とちゃうんか?」

「ああ、その通りだ」

泣きながら訴える男の傍《かたわ》らに、俺はしゃがみ込んだ。

店の奥では、男の妻と十歳くらいの娘が身を寄せ合って事の成り行きを見守っている。

「俺たちも鬼じゃねえ。だからあと三日だけ、待ってやるよ。それまでに、利子も含めた銭十一貫文、きっちり全額用意しておけ。言っておくが、博打《ばくち》でどうにかしようなんて考えるんじゃねえぞ」

「そない殺生な……」

「銭が用意できなきゃ、てめえのかみさんと娘を揃って遊女屋に沈める他ねえな」

「そ、それだけは堪忍や！」

「それじゃあ、てめえの腹かっさばいて、生《い》き胆《ぎも》でも売ってもらうか。結構な銭になるらしいぜ」

「そいつはいいな」

石見坊が相槌を打ちながら、手にした薙刀《なぎなた》で男の脇腹のあたりを指した。哀れな男は、青褪《あおざ》めた顔で震え出す。

「まあ、死ぬ気で踏ん張るんだな。てめえの下手な博打でこしらえた借銭だ。てめえできっちり落とし前つけろよ」

袈裟《けさ》の下に着込んだ具足をがちゃがちゃと鳴らしながら、俺と石見坊は店を出る。後ろから娘の泣き叫ぶ声が聞こえてきたが、振り返りはしなかった。

九月に入り、坂本の町に吹く風は冷たい。町並みの向こうに広がる琵琶湖《びわこ》の水面は、夕日を照り返して赤く輝いている。

「兄貴、信濃坊《しなのぼう》の兄貴！」

客引きの遊女に捕まっていた石見坊が追いついてきた。

「今日の取り立ては、終《しま》いでいいんですか？」

「ああ。もう帰っていいぞ」

「じゃあ、どこかに遊びにいこうぜ。動いたから、甘い物が食いたくて仕方ねえんだ」

外見こそ厳めしいが、石見坊はまだ二十歳にもなっていない。中身はそこらの童《わらべ》とさして変わりはなかった。

「やめておく。このところ働きづめだったから、ちょっと疲れた」

「何だよ。じゃあ、寺に帰るのか？」

「いや、いつものところに泊まる。お前は好きにしろ」

「つまんねえなあ」

脹《ふく》れ面《つら》の石見坊と別れて、馴染みの店に向かった。

僧兵の姿を見かければ、往来の人々はよほどの阿呆《あほう》か酔っ払いでもない限り道を開ける。幼い娘を連れた母親は道の端に寄り、見たら不幸に見舞われるとでも言わんばかりに、子の両目を手で塞いでいる。

坂本は、比叡山延暦寺《ひえいざんえんりゃくじ》の門前町として古くから賑わっていた。ここで暮らす民のほとんどは、篤《あつ》く仏法を敬い、喜捨も惜しまない。だがそんな坂本でも、僧兵となると話は別だ。

俺たちが属する比叡山延暦寺は、多くの土倉《どそう》（高利貸）を営んでいた。そこで借りた銭の返済が滞ると、俺たち僧兵が駆り出されることになる。取り立ては容赦がなく、僧兵を恨んでいる者も少なくなかった。

物心ついた頃から、忌み嫌われるのは慣れている。

仏法を護持する僧兵。そう言えば聞こえはいいが、やっていることはそこらのごろつきと変わりない。むしろ、背後に延暦寺という巨大な権力が控えているだけに質《たち》が悪い。

十六歳で形ばかりに得度して、信濃坊常舜《じょうしゅん》などという仰々しい名で呼ばれるようになってから、じきに十年が経つ。

その間に俺がやってきたことといえば、喧嘩《けんか》に武芸の鍛錬、酒に博打、女遊びと、仏の教えにはおよそ程遠い。周囲にも真面目に仏典を学ぶ者など誰もおらず、俺はいまだに経の一つも読むことができない。挙句、こうして借銭の取り立てに駆けずり回り、疲れ果てて眠る毎日だ。

目指す先は、百合《ゆり》という元遊女が営む小さな店だった。扱っているのは扇《おうぎ》や簪《かんざし》といった、俺には縁のない物ばかりだ。

百合と出会ったのは一年前、百合がまだ女郎屋にいた頃だ。年季が明けたら何か商いを始めたいと言うので、伝手《つて》を使ってあれこれと世話してやり、溜め込んだなけなしの銭まで貸してやった。どういうわけか百合には商才があるらしく、商いは順調らしい。

表の店を抜けて奥に上がった。袈裟を脱ぎ、具足を解いて座り込むと、百合が二人分の酒肴《しゅこう》を載せた膳を運んできた。

「最近、忙しそうやね」

酌をしながら、百合が言った。

百合は、俺より一つ下の二十五歳。人目を惹《ひ》くほどの器量好しではないが、大きな目と丸みを帯びた鼻にはどことなく愛嬌《あいきょう》がある。商いが上手くいっているのも、その愛嬌と、持ち前の度胸のおかげだろう。

「上の連中がうるさくてな。よほど銭が入り用らしい」

「ふうん。また、戦《いくさ》でもあるんやろか。怖いわあ」

寺とはいえ、延暦寺ほどの大寺になると、近隣の大名と事を構えることもある。昨年も、大きな戦になりかけ、すんでのところで回避されたばかりだ。

「怖いといえば、また出たんやってね」

「出たって、何が？」

「知らへんの？　狐憑《きつねつ》きや。なんや、急に人が変わったみたいに暴れ出して、手ぇがつけられへんようになるんやって。ほら、三日くらい前に、どこぞの牢人《ろうにん》が町で何人も斬り殺したやろ？」

「ああ、あれか」

どこの誰とも知れない牢人者が、昼日中にいきなり刀を抜いて、辻斬《つじぎ》りを行った事件だ。たまたま居合わせた僧兵たちに膾《なます》のように斬り刻まれるまで、その牢人者は七人の男女を斬り殺したという。

「あれから、似たような事が二度もあってな。昨日は鍛冶屋の職人で、今日は馬借の人足らしいわ。信濃坊の旦那は、何も聞いてへんの？」

「このところ、取り立てで京やら大津やらを飛び回ってたんだ。で、それがみんな狐の仕業だってのか？」

「みんなはそう言うてるよ。二人とも、普段から大人しいええ人やったそうや。それが、おかしくなってからはこないなふうに、恐ろしい牙が生えてたんやって。幸い、嚙《か》みつかれた人は誰もおらんかったらしいけど」

百合は両手の人差し指で、牙を作ってみせる。その様が妙に子供じみていて、俺は声を出して笑った。

「笑いごととちゃうよ。いつまた現れるかと思うたら、町も歩けへんわ」

「それで、憑かれた奴はどうなったんだ？」

「あの牢人者と同じで、町の男衆に斬り殺されたそうや。腕がちぎれても足がもげてもお構いなしで、全身切り刻まれるまで暴れ続けたって話やで」

「そいつは大変だな」

まるで信じていない口ぶりで言うと、百合は不貞腐《ふてくさ》れた顔で自分の盃《さかずき》に酒を注いだ。

二

百合の祈りの声で、目が覚めた。

よほど疲れていたのだろう。いつの間にか、柱に寄りかかったまま眠っていたらしい。膝には、夜着がかけられている。

暗がりの向こうに、百合の背中が見えた。両手を組み、一心に南蛮の神へ祈りを捧げている。

「相変わらず熱心だな」

祈り終えたのを見計らって言うと、百合が「起こしてもうた？」と振り返った。

「旦那と違《ちご》うて、うちの信仰は本物やからね」

そう言って、首から提げた十字架を胸元にしまう。

百合は元々、堺《さかい》の生まれだった。母も遊女で、切支丹《キリシタン》だったという。幼い頃は、近所にあった南蛮寺院の集会に、母と一緒に通っていたらしい。

「旦那くらいやわ。坊主のくせに、切支丹を毛嫌いせえへんのは」

百合は隣に座り、俺の肩に頭を乗せた。

「俺は、神も仏も信じちゃいないからな。誰が何を信じていようと、興味もない」

延暦寺に入ったのは、つまらない諍《いさか》いで人を殺《あや》め、故郷にいられなくなったからだ。僧兵になっていなければ、今頃は足軽か野伏せりにでもなって、とうにどこかで野垂れ死んでいただろう。

夜明けまでは、まだしばらくありそうだ。横になるかと腰を上げかけたところだった。

甲高い、女の悲鳴が響いた。

やめて。来ないで。そんなことを叫んでいる。皿でも投げつけているのか、激しい物音も聞こえた。

痴話喧嘩だろうか。だがそれにしては、聞こえてくるのは女の声ばかりで、叫び方も切迫している。

あるいは喧嘩ではなく、賊が出たのかもしれない。盗みに入ったところで、目を覚ました住人と鉢合わせて騒がれてしまったのか。だとすれば、間の抜けた盗人《ぬすっと》だ。

いずれにしろ、さっさと静かにしてほしいものだ。嘆息を漏らすと、百合が俺の袖を強く摑《つか》んだ。

「狐憑きが出たのかも……」

声を震わせながら、百合が言う。

「馬鹿なことを」と一笑に付し、腰を上げた。

「ちょっと、どこ行くの?」

「狐憑きかどうか、確かめてやる」

騒ぎの原因が盗賊で、もしも鉢合わせることになれば、斬り合いになるかもしれない。念のため、鎧《よろい》を着込んで袈裟をまとい、腰に両刀を差した。

薙刀を手に、木戸を開いて外へ出る。

気づくと、悲鳴は聞こえなくなっていた。このあたりは小さな店が軒を連ねていて、どこから声が聞こえていたのかはわからない。

ともかく、騒ぎが収まったならそれでいい。踵《きびす》を返そうとした刹那、どん、という大きな音が響いた。

向かいの店の木戸を、誰かが中から蹴破ったのだ。

何事かと身構えると、店の中から人影が二つ出てきた。寝巻姿の男女だ。両腕をだらりと下げ、病人のような足取りでゆっくりと通りの中ほどまで歩み出る。

月明りが、二人の顔を照らした。二人とも、俺と同じ年ごろだろう。女の方は、寝巻がひどく汚れているようだ。目を凝らすと、首筋から血を流しているのだとわかった。傷はかなり深いらしく、出血の量からすると、立って歩いているのが信じがたいほどだ。

嫌な臭いが鼻を衝いた。不可解なことに、あたりには死臭が漂っている。

「お、おい、あんたたち……」

俺の呼びかけに答えることなく、二人はひどく緩慢な動作であたりを見回している。まるで、ここがどこか、己が何故ここにいるのかも、理解していないかのようだ。

「次助《じすけ》さん、梅《うめ》ちゃん……」

いつの間にか外に出てきた百合が、茫然《ぼうぜん》とした様子で言った。

百合の声に反応したように、二人がこちらへ顔を向けた。その目は、うっすらと霞《かすみ》がかかったように白く濁っている。

二人は立ち尽くす俺と百合の姿を認めると、大きく口を開け、獣のような唸《うな》り声を上げた。だらだらと涎《よだれ》を流す口の両端からは、鋭い牙が覗いている。

「おい、どう見てもまともじゃねえぞ」

俺は顔を引《ひ》き攣《つ》らせながら、百合に向かって言った。まさか、本当に狐が憑いているというのか。

「だ、だから言うたんや……」

答えながら、百合が後退《あとずさ》る。次の瞬間、二人が鋭く唸った。両腕を前に突き出し、こちらへ向かって歩きはじめる。

「次助さん、梅ちゃん、うちや！　百合や！」

二人に近づこうとする百合を制し、俺は前に出た。

言葉が通じるとは思えない。やはり、斬るしかないのだろう。俺は覚悟を決め、薙刀を握り直す。幸か不幸か、人を斬るのは慣れている。

二人とも徒手で、武芸など身につけてはいないはずだ。加えて、動きの速さは腰の曲がった老人とさして変わらない。

斬るのは簡単だ。手足を失っても動き続けるなど、噂に尾ひれがついただけだろう。

しかし俺は、二人が身にまとう禍々しさを伴った異様な気配に、圧倒されていた。重く、不吉な気が全身にまとわりついたような心地がして、上手く体が動かせない。

臆するな。己に言い聞かせ、唇を強く噛んだ。

丹田に意識を集め、心気を研ぎ澄ませる。口の中に広がる血の味を感じながら、前を進む次助に向かって駆け出す。

すれ違いざまに、薙刀を一閃《いっせん》させた。肉を斬り、骨を断つ、重い手応え。血飛沫《ちしぶき》を撒き散らしながら、次助の首が宙に舞う。

足を止めることなく、返す刀で梅の首を斬り飛ばした。

百合の悲鳴が聞こえた。知り合いが目の前で首を刎《は》ねられるのを見れば、当然だろう。そう思って振り返った俺は、自分の目を疑った。

首を失ったまま、二人は立っていた。

それどころか、暗闇の中、手探りで落とし物を探すかのように腰を屈《かが》め、両腕を動かしている。

自分の首を探しているのか。思い至り、俺の全身は恐怖で強張った。

恐る恐る、地面に落ちた二人の首に目をやった。二つの首は、しっかりと目を見開き、掠《かす》れた唸り声を発している。

悪い夢でも見ているような心地で、再び薙刀を構えた。

足を斬り飛ばし、胸を貫く。最後に、二人の頭を叩き潰すように何度も薙刀を振り下ろした。

不意に、大きな音がした。振り返ると、また別の家の木戸が倒され、中からぞろぞろと人影が現れる。

動きを見るに、狐憑きだ。一家揃って憑かれたらしく、童の姿も見える。続けて、別の家からも狐憑きらしき影が現れた。

「何なんだ、いったい……」

あちこちの家から、悲鳴と争う声が聞こえる。町の方々で、狐憑きが出ているらしい。

「旦那、どうしよう」

「とにかく、ここは危ない。逃げるぞ」

「逃げるゆうたって、どこへ……」

「決まってるだろう。叡山だ」

百合の手を取り、俺は走り出した。

三

狐憑きを斬り伏せながら、西へ駆けた。

狐憑きどもは力こそ強いものの動きは遅く、互いに連携するということもない。囲まれさえしなければ、逃げることはさほど難しくなかった。

坂本の町は、混乱の坩堝《るつぼ》と化していた。大きな通りは家から逃げ出した住人がひしめき合い、ほとんど身動きが取れない。狐憑きに襲われた者、倒れて踏みつけられた者の悲鳴が重なり合い、阿鼻叫喚《あびきょうかん》の様相を呈している。

狐憑きは、想像していたよりもずっと多く現れているらしい。混乱の中で火事も起こり、半鐘《はんしょう》が激しく打ち鳴らされている。

俺は百合の手を引き、人の少ない裏道を選んで町の西にそびえる比叡山に向かっていた。本来は女人禁制だが、この地の僧たちは堕落しきっていて、自分の僧坊で女を囲い、遊女を呼んで酒宴に興じる者はいくらでもいる。百合が見咎《みとが》められるようなことはないだろう。

比叡山延暦寺は、無数の伽藍堂舎《がらんどうしゃ》が建ち並ぶ、一つの城のようなものだ。朝廷や時の幕府さえも恐れさせたかつての勢威は失われ、多くの僧は堕落しきっているものの、いまだ三千に及ぶ僧兵を抱えている。万が一、狐憑きが大挙して押し寄せてきたとしても、撃退するのは容易《たやす》い。

正面にまた一人、いや、一体見えた。中年の男だ。倒れた若い女に覆いかぶさるようにして、頭に喰らいついている。

同じような場面を、これまで何度も見かけた。駆けるうちにわかったことだが、信じがたいことに、狐憑きは人を喰らう。

足を止め、百合の手を離した。俺たちに気づいた男が、顔をこちらへ向ける。男が立ち上がる前に、俺は踏み込んで薙刀を横に振った。

地面に転がった首を探して、胴体が右往左往する。男の足が、男の首を蹴り飛ばす。その様は、奇怪を通り越して滑稽《こっけい》ですらあった。

「行くぞ。まだ走れるな？」

額に玉の汗を浮かべつつも、百合が頷《うなず》く。

再び走り出そうとしたところで、「誰かぁ……！」という声が聞こえた。

右手の路地。男が一人、数体の狐憑きに囲まれている。

「兄貴……信濃坊の兄貴じゃねえか！　頼むよ、助けてくれぇ！」

涙交じりの情けない声は、石見坊のものだった。

見ると、小袖一枚を身につけただけで、薙刀も持っていない。大方、遊女屋で狐憑きに襲われ、着の身着のまま逃げ出してきたのだろう。

見捨てるのも気が引ける。仕方なく、俺は石見坊に群がる狐憑きを薙ぎ払ってやった。

「兄貴ぃ～！」

助かったとわかると、石見坊は俺に縋りつき、おいおいと泣き声を上げた。

この弟分は、強面《こわもて》で腕っぷしも強いくせに、一皮剝けば臆病で泣き虫だ。数年前、兄弟子たちにいびられていたところを俺が助けてやった時から、こいつは何も変わっちゃいない。

「わかったからくっつくな。袈裟に鼻水がつく」

ようやく離れた石見坊が、まだもぞもぞと動いている狐憑きの体を指す。

「兄貴ぃ、何がどうなってんだよ。こいつら、いったい何なんだ……」

「知るか。確かなのは、これが夢じゃなく、現《うつつ》ってことだけだ」

「そうだな、間違いねえ。でなきゃ、こんなに痛いはずがねえよ」

そう言って、石見坊は左袖をまくり上げた。それほどひどい傷には見えないが、二つの穴から血が流れている。

「おい、大丈夫か？」

「ああ、ちょっと嚙まれただけだ。どうってことねえよ」

「よし、寺まで逃げるぞ。お前も、自分の身は自分で守れ」

薙刀を石見坊に押しつけ、俺は腰の刀を抜いた。脇差《わきざし》は百合に持たせてあるので、これが最後の得物だ。

「兄貴、俺……」

怖気づいたような声を出す石見坊の胸を、俺は拳で叩いた。

「いつも言ってるだろう。丹田に力を籠めろ。戦わない奴は、死ぬだけだ」

「旦那、急いで！」

通りから、百合が手招きした。石見坊が大騒ぎしたせいで、狐憑きたちが集まってきている。どうやら、奴らは音のする方に向かってくるらしい。

「まずいな」

通りの前方に七、八体。後方からも、十体ほどが迫っている。さすがに、この数を相手にするのは厳しい。

どこか手近な家に飛び込んで立て籠もるか？　いや、それは最悪の手だ。援軍のない籠城など、愚策でしかない。

「なあ、ちょっとおかしいんとちゃう？」

「何がだ」

「何でこんなにぎょうさんおるん？　まるで、町の人みんな狐に憑かれてもうたみたいや」

確かに、あまりに数が多すぎる。だが、その理由が俺にわかるはずもない。

「兄貴、どうするんだよ。囲まれちまうよ！」

「前に向かって突っ走るぞ。俺が先頭で、その後が百合。しんがりは石見坊だ。敵を倒すことより、駆け抜けることだけを考えろ」

石見坊が「承知」と頷き、百合も脇差を抜いた。

「行くぞ」

一声掛け、走り出した。

駆ける勢いのまま、蹴りを放つ。先頭の一体が、後ろの数体を巻き込んで倒れた。右から襲ってきた一体の胴を薙ぎ、左の一体の腕を斬り飛ばす。

横から来た一体が、腰に組みついてきた。童の狐憑きだ。小さな体からは想像もつかない膂《りょ》力《りょく》で押し倒された。

童は馬乗りになり、両手で俺の首を摑んだ。凄まじい力で締め上げられる。不気味な咆哮《ほうこう》を上げ、童が大きく口を開けた。俺は、横に構えた刀を前に突き出す。刃が喉元《のどもと》に食い込み、顔に血が降り注いだ。構わず、さらに両腕に力を籠める。

童がのけ反り、首にかけられた両手からわずかに力が抜けた。そこへ駆けつけた百合が、童の体を思い切り蹴り飛ばした。

地面に転がりながらなおも立ち上がろうとする童の脳天に、百合は脇差の刃を叩きつけた。頭《ず》蓋《がい》が割れ、脳髄《のうずい》が飛び散る。俺は起き上がり、動きの鈍《にぶ》った童の胴を両断した。

「すまん、百合。助かった」

「最悪や。吐きそう……」

百合はもぞもぞと動き続ける童の肉塊から目を背け、肩で息をしながら答える。手にした脇差は血塗《ちまみ》れで、刃毀《はこぼ》れだらけだ。石見坊は薙刀を振るい、後ろから来る敵を食い止めている。

「石見坊、もういい。走るぞ！」

正面には、もう狐憑きの姿はなかった。そのまま日吉《ひえ》大社《たいしゃ》を右手に見ながら、延暦寺東塔へ続く本坂口《ほんざかぐち》へ向かった。ここから東塔まで、二十五町の上り坂が続く。

登り口には坂本の住人が殺到しているかと思ったが、人の姿はまばらだ。振り返ると、町の方々で火の手が上がり、戦さながらの光景となっている。百合の店のあるあたりも、炎で赤く染まって見えた。

「うちの店が……」

百合が茫然と呟《つぶや》いた。苦労してようやく開いた店が、こんなふざけた騒ぎで失われようとしている。どんな言葉を掛けてやればいいのか、俺にはわからなかった。

「しゃあないわ。行こ」

何かを振り払うように、百合が言った。

「いいのか？」

「泣いたかて、どうにもならへんし。神さまが与えたもうた試練ってやつや」

大した女子《おなご》だと苦笑し、俺は歩き出した百合を追いかけた。

切支丹の教えはよく知らないが、これが神の采配だとしたら、ひどい神もあったものだ。

歩き慣れた道とはいえ、両側に生い茂る木々が月明かりを遮っている。足元はかなり暗く、歩き難い。幸い、狐憑きどもは、追ってきていないようだ。

「旦那、あれ」

百合が前方を指した。松明《たいまつ》の灯りが近づいてくる。

叡山の僧兵たちだった。坂本の異変を受け、物見に出てきたのだろう。

「信濃坊か？」

数人の僧兵を率いるのは、顔見知りの僧侶だった。

「何があった。坂本でいったい、何が起きているのだ？」

「狐憑きです。町の住人が何十人、何百人と憑かれて、暴れ回ってるんですよ」

言いながら、自分でも「そんな馬鹿な」と思う。案の定、僧侶たちは唖然《あぜん》として、阿呆を見るような目で俺を見ている。

「嘘だと思うなら、麓に下りて見てみろよ。首を斬り飛ばしても死なないような奴らが、うようよしてるんだぞ！」

勢い込んでまくし立てると、僧兵たちはとうとう声を上げて笑い出した。

「おい信濃坊、どうしちまったんだ？」

「まるで、狐が憑いてるみたいだぞ」

げらげらと笑う僧兵たちの顔が、不意に強張った。その視線が、俺の後ろに注がれている。

振り返った刹那、獣のような唸り声がした。

石見坊だった。振り上げた薙刀を、僧侶に叩きつける。

石見坊は、脳天を割られた僧侶の胸倉を摑むや、その頭に喰らいついた。何が起きているのか理解が追いつかず、俺も僧兵たちも茫然と立ち尽くすしかない。

石見坊が顔を上げ、俺を見た。

「兄貴……お、俺、な……何か、へ、変、だ……」

小刻みに震えながら、呂律《ろれつ》の回らない口で訴える。

「兄、貴……俺、お、れ……」

泣き出しそうな声で言う石見坊の目が、白く濁っていく。ぽっかりと開いたその口からは、鋭い牙が覗いていた。

「は、腹、減った……」

言うや、再び僧兵の脳を啜《すす》りはじめる。

ようやく我に返った僧兵たちが、薙刀を構える。

「石見坊、乱心か！」

「この化け物がぁ！」

一人が飛び出した。石見坊は僧侶の体を放り出し、片手で薙刀を振る。

その一撃で、僧兵の両腕が飛んだ。続けて、額から上が斬り飛ばされる。石見坊の薙刀の腕からは、考えられないほど鋭い斬撃だった。

石見坊は、剝き出しになった脳を手で掬《すく》い、口に運んで美味《うま》そうに咀嚼《そしゃく》する。

その異常すぎる光景に、残る僧兵たちは悲鳴を上げ、一目散に逃げ出した。

「石見坊、お前……」

「駄目だよ旦那。もう、取り憑かれてる」

わかっている。だが、何故。そこまで考えたところで、石見坊の左腕の傷が目に入った。その傷を中心に、左腕の肘《ひじ》から先が腐敗したように茶色くなっている。

嚙まれた者も、憑かれるということか。だとすれば、あれほどの勢いで狐憑きが増えたのも説明がつく。

　僧兵の脳を喰い尽くしたのか、石見坊が再び顔を上げてこちらを見た。その目にはもう、理性の色は微塵《みじん》も窺えない。

「百合。離れてろ」

　俺は刀を抜き、構えを取った。気の毒だが、倒すしかない。

　つい先刻の石見坊の斬撃は、別人のように鋭かった。狐に憑かれて脳を喰った者は、力が数段上がるのかもしれない。

　石見坊の体には太い血管が浮かび、肌の色もどす黒く変わりつつある。あれはもう、俺のよく知る弟分じゃない。己に言い聞かせ、俺は地面を蹴った。

　体勢を低くし、脛《すね》に斬りつけた。斬り飛ばすつもりだったが、石見坊はすんでのところで足を引き、切断を避けている。痛みはまるで感じないのだろう。顔色一つ変えず、こちらへ向かってくる。

　上からの斬り下ろしがきた。かわしきれる速さではない。刀で受け止めたが、両腕に痺《しび》れが走る。やはり、脳を喰らえば喰らうほど、膂力も速さも増すようだ。

「強くなったじゃねえか」

　兄弟子たちに虐《いじ》められて泣いてばかりいた石見坊の面影《おもかげ》は、もうどこにも無い。

　唸り声が、俺の感慨を吹き飛ばした。

　石見坊は、ひたすら力で押してくる。頭の中身は、野の獣とさして変わらないのだろう。

俺は刀を引き、押してくる力を逸らした。前につんのめった石見坊の左腕を斬り飛ばす。続けて右手首を落とし、返す刀で左の膝から下を断ち切った。

石見坊はなおも立ち上がろうとするが、上手く立てず、何度も転ぶことを繰り返している。

「なんや、気の毒やわ」

その様を眺めながら、百合が言った。

「とどめ、刺してあげられへんの？」

「そうだな」

首を刎ねても、脳を断ち割っても、心の臓を抉《えぐ》っても動きを止めることはできなかった。他に、どこか無いか。

ふと思い当たることがあった。俺は刀を握り直し、突きの構えを取る。

石見坊との武芸の稽古で、俺が口を酸《す》っぱくして言った言葉を思い起こす。

――いいか、石見坊。丹田に力を籠めろ。人間の気はすべて、そこに集まるんだ。

心気を研ぎ澄ませ、狙いを定める。

石見坊は片膝立ちのまま、牙を剝き出して俺を威嚇している。

「じゃあな」

呟き、踏み出した。臍《へそ》の下、およそ三寸。吸い込まれるように、刃が入っていく。

刀を引き抜くと、石見坊がびくりと体を震わせた。その目から、徐々に濁りが消えていく。

兄貴。そう口を動かすと、石見坊は前のめりに崩れ、それきり動かなくなった。

四

重い体を引きずってようやく東塔にたどり着いた俺たちを待っていたのは、武装した僧兵たちが向けてくる、敵意に満ちた視線だった。

あたりは昼と見紛うほどに煌々《こうこう》と篝火《かがりび》が焚《た》かれ、物々しさに満ちている。先に逃げ帰った数人から、狐憑きの恐ろしさが伝えられたのだろう。

坂本の様子を上の者に報告すれば、ひとまずは休める。そう思ったが、甘かった。

「信濃坊常舜。そなたを捕縛せよとの御下知である。神妙にいたせ」

物頭《ものがしら》らしき僧兵が言うや、十数人に取り囲まれ、薙刀を突きつけられた。

「おい、何の冗談だよ。こんなことしてる場合じゃねえぞ」

「うるさい、大人しく縄につけ！」

抗う間もなく、数人がかりで押さえつけられた。百合も地面に組み伏せられ、縄を打たれようとしている。

「何や、うちらが何したって言うんや！」

百合が喚いた拍子に、襟元から十字架が覗いた。

「おい、この女子は切支丹じゃ！」

「何だと？」

物頭の顔つきが、いっそう険しくなった。

「信濃坊、そなた、この聖地たる叡山に、汚らわしき切支丹など連れ込んだのか！」

迂闊《うかつ》だった。延暦寺には、女などいくらでもいる。いちいち、身に付けた物など調べられはしないとたかを括っていた。だが、十字架を捨てろと言っても、百合は聞かなかっただろう。

「頭。もしかすると狐憑きってのは、南蛮の呪法なのでは？」

「なるほど、あり得るな。切支丹は、この日ノ本を狙う邪宗の門徒だ。まずはこの聖地に狙いをつけたとしても、おかしくはない」

「阿呆か！　イエス様の教えは、そんなもんとちゃうわ！」

男たちに押さえつけられながらも、百合は必死に叫ぶ。

「だいたい、うちらの何が汚らわしいんや。あんたらみたいな欲にまみれた生臭坊主の方が、よっぽど汚らわしいわ！」

「黙れ！」

僧兵の一人が、百合の顔を殴りつける。

その瞬間、頭の中で何かが弾けるような心地がした。背中に乗った一人を跳ね飛ばし、目の前の相手に体当たりを食らわせる。

直後、後頭部に薙刀の柄で一撃を食らい、俺の意識は闇に落ちていった。


頭から水を浴びせられ、目が覚めた。

両手両足が縛られている。どうにか体を起こすと、あちこちが痛んだ。気を失った後も、かなり痛めつけられたらしい。

どこかの建物の中に設けられた、小さな牢だ。百合の姿は見えない。傍らには、俺に水を浴びせた僧兵が一人。牢内の燭台《しょくだい》の灯りが届くか届かないかくらいのところ、太い木の格子の向こうに、人の気配がある。

「おい、女はどこだ」

尋ねると、「案ずるな」という老人の声が聞こえた。

「別の牢に放り込んである。ずいぶんと口汚く、我ら仏門の徒を罵《ののし》っておったがな」

老人は、小さく笑ったようだ。

格子の向こうに目を凝らす。身にまとう袈裟からすると、かなり高位の僧だ。

「てめえ、どこのどいつだ。だいたい、坂本でいま何が起きてるか、わかってるのか?」

「尋ねるのはそなたではなく、我らだ。そなた、あの者たちに嚙まれてはおるまいな?」

〝あの者たち〟が、狐憑きを指すことはわかった。狐憑きとは何なのかを、上の連中は知っているということだろう。

「ああ、嚙まれちゃいねえ。百合もだ」

「見たところ、兆候もないな。変異は無いと見てよかろう。解いてやれ」

「はっ」

傍らに立つ僧兵が、俺の縄を解いた。

「手荒な扱いをしてすまぬ。あれに罹《かか》った者を、境内《けいだい》で野放しにするわけにはいかなかったのでな」

罹った者、か。つまりは、あれは狐憑きなどではなく、流行り病《やまい》のようなものなのだろう。

「あれが現れた時のこと、そなたがどうやってここまで逃れてきたのかを教えてもらいたい」

僧兵を叩きのめして刀と鍵を奪い、老人を人質に取ってここを抜け出し、百合を探す。頭に浮かんだ考えを、俺はすぐに捨てた。ここを出られたとしても、外には何人もの僧兵が控えているはずだ。多勢を相手にできる体力は、もう残っていない。

「わかったよ」

俺は格子際まで膝を進め、老人と向き合った。

首も手足も、細い枯れ枝のようだ。両目は、深い皺《しわ》の中に埋もれているように見える。一見すると無害な老人だが、どこか油断ならないものを感じさせた。

坂本の町で目にしたもの、そこからここにいたる経緯、石見坊の死に様まで、包み隠さず語る。

「やはり、間違いあるまい」

話し終えると、老人は深い溜め息を吐いた。

「よもや、このようなことになろうとは……」

「おい、じじい」

俺は格子の向こうに右手を伸ばし、老僧の襟首を摑んで捻《ひね》り上げた。

「斎勝《さいしょう》さま！」

刀の柄に手をかけた僧兵を、「動くな」と制する。

「おかしな真似をしたら、このじじいの首の骨をへし折るぞ」

僧兵が歯ぎしりしながら、柄から手を離した。

「あんたらをどうこうするつもりはねえ。俺はただ、坂本で何が起きたのか、石見坊がなんで死ななきゃならなかったのか、知りたいだけだ。あの狐憑きが何なのか知ってるなら、全部吐け」

「わ、わかった。わかったから、離してくれ……」

「駄目だ。逃げられちゃかなわねえ。息が止まる前に、さっさと吐け」

何度も頷き、斎勝と呼ばれた老僧が口を開いた。

「あれは今を遡《さかのぼ》ること、二百年前のことじゃ……」


かの病が日ノ本にもたらされたのは、弘安《こうあん》の役——すなわち、蒙古《もうこ》が九州、博多に攻め寄せた二度の元寇《げんこう》、その二度目の戦の折だった。

史書の類《たぐい》には「蒙古軍は攻め疲れて船に戻ったところで大嵐に見舞われ、壊滅した」と記されるこの戦だが、実は撤退の真の原因は、未知の病の蔓延にあったという。

その病に罹った者は、生者に見境なく襲いかかり、その肉や脳を喰らう。そして彼らに嚙まれた者も、同じく生きる屍《しかばね》と化す。

人によって差はあるが、嚙まれてから発症するまでは、遅い者で四半刻、早い者は百を数えるほど。日の光を浴びると動きが鈍るものの、完全に息の根を止めるには、丹田を刺し貫くか、全身を灰になるまで焼き尽くすか、肉が腐り落ちるまで待つしかない。

蒙古との戦が終わった後、延暦寺はこの病に罹患《りかん》した者をひそかに手に入れ、今にいたるまで比叡山の奥深くに閉じ込め続けた。当初はこの怪異を調べて、再びの流行に備えるためだったという。

「ちょっと待て。三百年も、どうやって飼い続けたんだよ。時が経てば、やつらは勝手に腐っちまうんだろう？」

「そうだ。だから、患者が腐りはじめると、健康な罪人に嚙みつかせて病を保存したのだ」

「……外道《げどう》だな」

吐き捨てたが、斎勝は否定しない。

「何とでも言え。この病が全土に拡がれば、この国は間違いなく滅ぶ。それを避けんがため、多少の犠牲はやむを得んのだ」

「それが、どうしてこんなことになってるんだよ」

「長い時をかけても、病の治療はおろか、防ぐ術《すべ》さえ見つからなかった。やがて、ほんの一握りの者を除いた寺の誰もがこの病のことを忘れかけ、戦国の世となった」

各地の大名たちが武力で覇を競い、互いに食い合う弱肉強食の世だ。やがては、天下を制した者がその牙を延暦寺に向けるかもしれない。

そしてその危惧は今、現実のものになろうとしている。

昨年の九月、延暦寺は伸張著しい織田信長《おだのぶなが》と、開戦寸前にまで陥っていた。織田家と敵対する浅井《あざい》・朝倉《あさくら》両家が延暦寺と手を組み、叡山に立て籠もったのだ。

信長は大軍で叡山を包囲すると同時に、延暦寺に対して浅井・朝倉への支援を止めるよう要請するが、延暦寺はこれを黙殺する。織田家に寺領を横領されていたこともあり、延暦寺の高僧たちは織田家を敵視していた。

二月に及ぶ包囲の後、和睦が成立し浅井・朝倉の軍は領地へと戻っていったが、信長にとっては一時しのぎの策にすぎなかった。和睦はすぐに反故にされ、織田と浅井・朝倉を中心とする反織田勢力の戦いは再燃している。

信長はいつ、叡山に攻め寄せてくるかわからない。叡山がいかに天然の要害で、三千もの僧兵を抱えていようとも、数万の兵を擁する織田家には太刀打ちできないだろう。このままでは、八百年近い歴史を誇る延暦寺は滅亡する。

ここに至り、延暦寺の上層部は決断した。王城鎮護《おうじょうちんご》の聖地たる延暦寺は、国の要である。何としてでも、守り通さねばならない。

「まさかてめえら、あの病をわざとばら撒いたんじゃねえだろうな?」

「ち、違う、断じてそうではない。織田家との交渉の道具に使おうとしただけじゃ。まさかこのようなことになるとは、誰も思うてはおらなんだのだ」

五日ほど前、叡山の奥深くに封印されていた患者が、極秘裏に東塔の一角へと移された。この患者を織田家の者に見せ、「もしも叡山を攻めれば、この病を織田領内に撒き散らす」と交渉しようとしたのだ。

しかし三日前、同じような症状の者が現れた。辻斬りを働き、坂本の町を騒がせた牢人者である。

「慌てて調べてみると、東塔に移した患者の体に、小さな噛みちぎられた痕が見つかった。東塔へ運ぶ際に、鼠《ねずみ》か何かが患者の肉を齧《かじ》ったのだろう。その鼠から、人へと病が拡がっていった。それが、わしの見立てじゃ」

「……ふざけるなよ」

思わず、俺は漏らした。

たかだか寺ひとつを守るために、石見坊は、坂本の住人たちはわけのわからない病に罹って死んだというのか。斎勝の首をへし折ってやりたい衝動に駆られたが、この老人を殺したところでどうにもならない。全身の力が抜け、斎勝の襟首から手が離れた。

その刹那、入口の木戸が開き、外にいた僧兵が駆け込んできた。先刻、俺たちを捕らえた物頭だ。

「一大事にございます。境内にて、例の病が……！」

「何じゃと？」

「多数の僧侶、僧兵が罹患し、暴れ回っているとの由。ここも危のうございます。急ぎ、お逃げください！」

物頭が斎勝の手を引き、外に出ていく。格子の内側にいた僧兵が、「待ってくれ、俺も……！」と鍵を開け、二人の後を追っていった。

僥倖《ぎょうこう》だった。こうなっては、俺のことなど構ってはいられないだろう。

俺は立ち上がり、牢を出る。これまでもろくでもない人生だったが、こんな馬鹿げた騒ぎで死んでたまるか。

五

建物を出ると、外は混乱の只中《ただなか》にあった。薙刀を手に右往左往する僧兵、経典や仏像を運び出そうと努める僧侶、悲鳴を上げて逃げ惑う遊女たち。

周囲を見渡し、ようやくここがどこかわかった。延暦寺の中枢に当たる東塔、根本中堂《こんぽんちゅうどう》の近くだ。

この混乱に乗じて百合を探し出し、どこにどれほどいるのかもわからない狐憑きの襲撃をかわし、できる限り叡山から離れる。

途方もない難事だが、やるしかない。

必要なのは、武器だ。人波を掻き分け、武器蔵へ向かう。

蔵の前では、僧兵たちが列をなしている。裹頭《かとう》で面体を隠し、何食わぬ顔で列に並んだ。

「得物を取った者は、急ぎ根本中堂へ向かえ。物《もの》の怪《け》どもに出会ったら、決して嚙みつかれるでないぞ！」

物頭たちが、声を張り上げている。狐憑きは、根本中堂のあたりに出ているらしい。ここからは、目と鼻の先だ。

蔵に入り、得物を物色した。あの連中の相手をするのに、弓矢は不向きだ。結局、打刀《うちがたな》と脇差を腰に差し、薙刀を摑んで蔵を出た。

その直後、咆哮が響いた。

数体が、こちらへ向かってくる。周囲の僧兵たちがそちらに気を取られている間に、俺は反対方向へ走り出した。

「百合、どこだ。返事をしろ！」

叫びながら、僧坊や堂舎を手あたり次第に物色する。逃げ惑う女たちに尋ねても、百合を見た者はいない。

死臭が鼻を衝いた。建物の陰から、一体が飛び出してくる。牙を籠手《こて》で受け止め、力任せに押し倒した。鎧を着けているので、丹田は狙えない。舌打ちし、足首を斬り飛ばす。

焦りを募らせながら、あたりを見回した。いくつかの堂舎から、火が出ている。方々から悲鳴も聞こえた。すでに、狐憑きはかなりの数に増えているようだ。

「いやや、離せ！」

どこかから、叫び声が聞こえた。百合のものだ。耳を澄ませ、声のする方へと近づく。

森の中に、人影が見えた。一人は袈裟をまとった僧侶。もう一人の大柄な僧兵が、手足を縛られた百合を肩に担いでいる。俺は気配を殺し、後を追った。

「ええかげんに下ろせや、この糞坊主！」

けてくる。

「黙れ、物の怪どもに見つかりたいのか！」

俺は足音を忍ばせてさらに近づき、「おい」と声を掛けた。男たちが振り返り、警戒の目を向
二人とも、知らない顔だ。僧侶の方は痩せぎすの中年で、武器も持っていない。僧兵はかなり大柄で腕も立ちそうだ。片手で百合を担ぎ、もう片方の手には薙刀を握っている。

「何じゃ、そなたは？」

「仲間はみんなやられちまった。仕方なく森に逃げ込んだら、あんたたちがいたんだよ」

声の主が俺だと気づき、何か言いかけた百合を目で制した。

「なあ、その女子はどうする気だ？」

「物の怪どもは、人の肉を喰らうというからな。奴らに出くわしたら、この女を餌にするのよ」

喋《しゃべ》っているのは僧侶の方だ。

「叡山は終いじゃ。これを切り抜けたとしても、いつ織田の軍勢が攻めてくるかわからん。今のうちに、浅井か朝倉の領地に逃げるが吉よ。無事に逃げられれば、女は売り飛ばせばよい」

「なるほど、そいつは名案だ。だったら、俺も仲間に入れてくれ。腕には自信があるぜ」

二人が顔を見合わせ、僧侶の方が「まあよかろう」と頷いた。

「では、お主が担げ」

僧兵が言い、百合を地面に下ろす。

その刹那、俺は薙刀を手放し、一息に間合いを詰めた。僧兵の懐に入り、抜き放った脇差で喉

を抉る。

声もなく事切れた僧兵を蹴り倒し、僧侶に向き直った。脇差を鞘《さや》に戻し、拾った薙刀の切っ先を僧侶に突きつける。

「し、痴れ者め……いったい何の真似じゃ！」

僧侶は腰を抜かしたのか尻餅をつき、顔を引き攣らせている。

「わしを誰だと思うておる。一介の僧兵ふぜいがこのわしに刃を向けて、ただですむと思うでないぞ！」

「あんたが誰かなんて知らないし、叡山はもう終いなんだろう？　それと、あんまり喚かない方がいいぞ。奴らを呼び寄せたくなけりゃな」

先刻から、死臭が漂っている。案の定、後方から唸り声がした。藪《やぶ》を掻き分け、一体が姿を現す。

「おい、何とかいたせ！　お主とて、喰われたくはあるまい！」

「そうだな」

俺は薙刀の石突《いしづき》で、僧侶の膝を叩き割った。

「じゃあ、あんたに餌になってもらうとしよう。たいして美味くもないだろうが」

泣き叫びながらのたうち回る僧侶を捨て置き、百合の縛《いまし》めを解いてやった。頰は腫れ、唇には血が滲《にじ》んでいる。

「旦那、ありがとう」

「礼は、生き延びてからだ」

百合に脇差を渡し、二人で走り出す。後方から、僧侶の悲鳴が聞こえてきたが、振り向きはしない。


暗い山道を、ひたすら駆けた。このまま真っ直ぐ進めば、西塔《さいとう》に出る。

だが、森を抜けた先の西塔も、状況に変わりはなかった。狐憑きは、凄まじい勢いで増えている。堂舎の周囲には無数の狐憑きが徘徊《はいかい》し、僧俗の別なく襲われ、喰い散らかされていた。

「旦那、まずいよ」

気づくと、周囲の道はすべて塞がれていた。数十体が、倒れた骸に群がり、肉や脳を貪《むさぼ》り喰っている。

「音を立てるなよ」

足音を忍ばせ、にない堂の脇を抜けた。西塔政所《まんどころ》の脇にいくつか並ぶ土蔵のひとつに目を向ける。誰かが火事場泥棒を働いたのか、入口の門扉は開いていた。

中に入り、気配を窺った。人も、狐憑きもいないようだ。

高いところにある小さな窓から、月明りがわずかに射し込んでいる。中には、米俵が高く積み上げられていた。

火打石で壁の燭台に火を灯し、重い鉄扉を閉めて閂《かんぬき》を掛けた。壁も扉も頑丈で、破られることはないだろう。

百合が大きく息を吐き、壁にもたれて座り込んだ。俺も薙刀を壁に立てかけ、隣に腰を下ろす。

「なあ、これからどうするの？」

「わからん。とにかく、日が昇るまで休もう」

夜明けまで、あと半刻もないだろう。日の光を浴びれば動きが鈍くなるという斎勝の言葉を信じるならば、その機に乗じて逃げるしかない。

「なんや、ずっとひどい夢の中におるみたいやわ」

ぽつりと、百合が言った。

「これが、伴天連《バテレン》さまが言うてた、最後の審判ってやつなのかもしれへんな」

はるか昔、磔《はりつけ》にされて死んだ神の子が復活し、人の世は終わりを迎えるのだという。人は神の子によって、永遠の命を得られる者と地獄に落ちる者とに選り分けられるらしい。

百合の話を聞き、俺は苦笑を漏らした。

「何が可笑《おか》しいの？」

「もしそうなら、俺は確実に地獄行きだな」

ろくでもない母と、それに輪をかけた人でなしの父の間に生まれた俺は、この世のすべてを呪いながら生きてきた。父母は村人たちにも疎まれていたので、俺は村の子供たちと一緒に遊んだこともない。やがて、母は別の男のもとへ走り、事あるごとに俺を殴りつけていた父は、落ち武者狩りに出かけて逆に殺された。

十歳で孤児となった俺は、今にいたるまで、悪行を積み重ねながら生きている。悪事を為すのに躊躇《ためら》っていれば、とうの昔に野垂れ死んでいただろう。

「でも旦那は、うちのこと助けてくれた。石見坊さんも、助けようとした。旦那は、根っからの悪人なんかやないよ。そうや！」

何か良策を思いついたかのように、百合が目を輝かせた。

「もしも生き延びられたら、堺に行かへん？」

何だ、そんなことかと嘆息する俺に、百合は続ける。

「告解ゆうてな、伴天連さまにこれまで犯してきた罪を聞いてもらうんや。それで、神さまに赦してもらえたら、旦那は地獄に行かんでもええようになるから」

「そいつはいいな」と適当な相槌を打つ俺の手を、百合が握った。

「それで、僧兵なんかやめて、切支丹になるんや。薙刀なんか振り回さんと、二人で商いでもしよう。な？」

俺が切支丹か。なかなか笑える冗談だ。内心で独りごち、再び苦笑する。武器を捨て、商いをして暮らす自分の姿など、まるで想像がつかない。

だがそれも、ここを生き延びてからの話だ。外からは、奴らの呻《うめ》き声が絶え間なく聞こえてくる。戦っている者は、もういないのだろう。

疲れ果てた体をしばし休めていると、外がわずかに明るくなってきた。徐々に、外から聞こえる呻き声が小さくなってきたように思える。

俺は米俵をさらに高く積み上げ、その上に乗って窓から外を窺った。

朝の光が、境内を照らしはじめている。狐憑きのほとんどは、十間ほど先にある西塔の本堂、転法輪堂《てんぽうりんどう》の近くに屯《たむろ》していた。数は、百を下らないだろう。

やはり、奴らの動きは鈍っていた。数こそ多いものの、動作は緩慢で、座り込んだまま動かない者も少なくない。

不安そうに見上げる百合に頷き、米俵から下りた。薙刀を握り、燭台の炎を吹き消す。

「扉を開けたら、まず俺が出る。俺がいいと言うまで、扉はいつでも閉められるようにしておけ」

「わかった」

俺が薙刀を構え、百合が閂を外して少しずつ扉を開いた。

死臭が漂ってきたが、蔵のそばに狐憑きはいないようだ。

まだ薄暗い空に、いくつもの黒煙がたなびいていた。そのほとんどが、東塔の方角だ。俺は、かすかな違和を覚えた。時折、ぱん、ぱん、という乾いた破裂音が響いてくる。あれは、鉄砲の筒音だろう。延暦寺の僧兵に、鉄砲を持つ者はほとんどいないはずだ。

俺は聞いていないが、戦に備えて新たに購入したのかもしれない。いずれにせよ、僧兵はまだ、全滅したわけではないらしい。

薙刀を構えながら、外に出た。息を殺し、左右に視線を走らせる。喰い散らかされた肉片が転がるばかりで、奴らの姿はない。

安堵しながら、百合に合図した。緊張の面持ちをかすかに緩め、百合も外に出てくる。

右手は転法輪堂、左手はにない堂から東塔へ続く道だ。どちらに進んでも、待つのは狐憑きの群れだ。

このまま転法輪堂の狐憑きに気づかれないよう西塔を横切り、正面の森に入って半里ほど進めば、叡山の西の麓の八瀬《やせ》に出る。そこから京へ逃げ込めば、後はどうにかなるだろう。そう信じる他ない。

「行くぞ」

百合が頷いた刹那、無数の足音が響き、心の臓が跳ね上がった。

左手からだ。顔を向け、俺は胸を撫《な》で下ろす。

狐憑きでも、僧兵でもない。向かってくるのは、数十人の長槍や弓、鉄砲を携えた軍兵《ぐんぴょう》だった。

先刻から聞こえていた鉄砲は、この連中か。どこの軍勢かはわからないが、とにかく助かった。

百合が軍兵に向かって駆け出し、声を張り上げる。

「お侍さん、助けて！　うちらは噛まれてへんよ！」

物頭らしき武者が手を上げ、軍兵たちが数間先で立ち止まった。

鉄砲を携えた数人の兵が前に出て、膝をついて構える。その筒先は、こちらに向いていた。

「百合！」

俺が叫ぶのと、物頭の「放て！」という下知が重なった。

轟音《ごうおん》。百合の体が後ろへ弾き飛ばされる。同時に、俺の体にも凄まじい衝撃が走った。

空が見える。仰向けに倒れたらしい。わずかに頭を上げると、額から血を流して倒れた百合の姿が目に映った。

死んでいる。理解した途端、体からすべての力が抜けていった。

「やったか？」

「ああ」

声が聞こえ、俺は目を開いた。軍兵たちの旗が見える。木瓜《もっこう》の紋。織田家の旗印だ。

「だがこの者たちは、〝奴ら〟とは違ったようだな」

「構わん。叡山に居る者は、僧俗も男女も問わず撫で斬りにせよとの、殿の御下知じゃ。それよりも、先に進むぞ」

「とどめを刺しますか？」

「放っておけ。どうせ、すぐに死ぬ」

足音。次第に遠ざかっていく。

待てよ、畜生。叫ぼうとしたが、力が入らない。右肩と左の脇腹あたりを撃たれたらしい。出血の量からして、もう長くはもたないだろう。

何だよ、これ。俺は、声にならない声で呟く。ここまで生き延びて、最後は人間に殺されるのか。

せめて、百合の近くに。俺は気力を振り絞り、体を起こした。

鉄砲の音に引き寄せられたのか、狐憑きが一体、ゆっくりとこちらへ向かってくるのが見えた。

まだ若い女子だ。僧侶に買われ、このろくでもない騒ぎに巻き込まれた遊女だろう。

構わず、這うようにして百合に近づく。額を撃ち抜かれた百合は、即死だっただろう。開いたままの瞼《まぶた》を閉じてやった。苦しまずにすんだぶん、少しはましかもしれない。

また、大勢の足音がした。後続の織田勢だろう。

「……冗談じゃねえ」

今度は声に出して呟き、百合の十字架を自分の首にかけた。丹田に力を籠め、怒りを奮い立たせ、立ち上がる。

「おい」

緩慢な動きで近づいてくる遊女の狐憑きに向かって言った。

「さぞ、悔しかったろう。俺も、助太刀してやる」

左手の籠手を外し、前に差し出す。

遊女の狐憑きは空に向かって一声吠《ほ》え、俺の腕に牙を突き立てた。

六

「全山の制圧、完了いたした由にございます」

坂本に置いた本陣で報告すると、男は小さく頷いた。

我が主君ながら恐ろしい男だと、明智十兵衛光秀《あけちじゅうべえみつひで》は思った。王城鎮護の聖地を焼き払い、聖俗問わず撫で斬りにしながら、この主君――織田弾正忠《だんじょうのちゅう》信長は顔色ひとつ変えていない。

叡山攻めを進言したのは光秀だが、それはあくまで、織田家の版図を包囲する反織田勢力に、楔《くさび》を打ち込むためのものだった。

事情が変わったのは、数日前。延暦寺の内通者から、例の話を聞いてからだ。人を、生ける屍に変える病。それが、外部に漏れ出したという。光秀は半信半疑だったが、信長は時を置かず決断し、数万の大軍で叡山を焼き払うよう命じた。

「して、我が勢の損害は？」

「はっ。物の怪どもに嚙まれた者が、二百三十八名。ことごとく、とどめを刺してございます」

「ふむ。思いのほか、少なくすんだな。これも、そなたのおかげか」

信長は、光秀の隣に控える内通者、斎勝上人に目をやった。

この男が、病の存在と物の怪どもの弱点を知らせてこなければ、味方の損害はとてつもないものになっていただろう。いや、織田家どころか、日ノ本そのものが滅びかねなかった。病を取引の材料にしようとした延暦寺の行いには吐き気がするが、今回の戦で最大の功労者は、この斎勝ということになる。

「そなたには、褒美をくれてやらねばなるまい。何が欲しい？」

「ははっ。できますれば、寺をひとつと、いくばくかの寺領をいただければ……」

「さようか。よかろう」

信長は床几《しょうぎ》から腰を上げ、斎勝に歩み寄る。

突然、信長が抜き打ちを放った。

喉元を斬り裂かれた斎勝の袈裟が、見る見る血に染まっていく。斎勝は、何が起きたのかわからないという様子で信長を見上げていた。

「仏法の名を騙《かた》り、己が欲得と保身のみを追い求める外道が。そなたらのような者は、我が天下に必要ない。あの世で好きなだけ寺を建て、経でも上げておれ」

信長は刃の血を払い、刀を納める。やや遅れて、斎勝は前のめりに崩れた。

「片付けておけ」

数人の小姓が、斎勝の骸を運び出した。

「残党狩りは徹底せよ。一匹でも京に逃れれば、この世は終わりぞ」

「はっ。抜かりはございませぬ」

頭を下げながら、光秀は思う。結局、病や物の怪よりも恐ろしいのは、人間か。

暗澹《あんたん》たる気分で陣幕をくぐったその時、凄まじい殺気が全身を打った。

刀を抜きながら、光秀は飛び退った。焼け残った民家の屋根。そこから、人影が飛び降りてくる。

影が振り下ろした薙刀が、目の前をよぎった。ほとんど間を置かず、横から斬撃がくる。さらに後退り、かろうじてかわした。

間合いを取り、刀を構える。見たところ、僧兵のようだ。両目は白く濁り、口の端から牙が覗いている。

「明智様！」

近くにいた信長の馬廻り衆が数人、集まってきた。一人が、槍を手に飛び出す。だが、僧兵は突き出された槍を容易くかわし、石突で武者の額を叩き割った。傷口から脳を掬い出し、口に運ぶ。

「気をつけろ。ただの物の怪ではないぞ」

前線に出ていない馬廻り衆は、物の怪を見るのは初めてだ。完全に気を呑まれ、怖気づいている。しかしそれを差し引いても、この僧兵は相当な手練《てだ》れだ。

口に入れた脳を飲み下し、僧兵が咆哮を上げた。

光秀に向かって、踏み出してくる。同時に、光秀も踏み込んだ。鎧に守られた丹田は狙えない。まずは、膝の腱を断ち切り、動きを止める。そのつもりで振った刀を、僧兵は見透かしていたかのようにかわす。

すかさず反撃がきた。受け止めた刀が、音を立てて折れる。

やられる。覚悟した直後、鉄砲の筒音が響き、僧兵の動きが止まった。

本陣の入口に、鉄砲を構えた信長が立っている。僧兵がそちらを振り返り、二、三歩進んだところで前のめりにくずれ落ちた。

信長の放った弾は、見事に丹田を撃ち抜いたのだろう。僧兵はそれきり、動かなくなった。

「殿、危のうございます！」

「構わん。もう死んでおるわ」

小姓の制止を振り払い、信長は僧兵に近づいた。

「よほど、わしを憎んでおったのであろうな」

呟き、骸の傍らに片膝をついた信長は、僧兵がかけた首飾りのような物を引きちぎり、光秀に向かって投げた。受け取ったそれには、切支丹が崇める十字架が象《かたど》られている。

「身なりは僧兵ですが、切支丹だったのでしょうか」

光秀が言うと、信長は「さあな」と頭を振り、立ち上がった。

「この坂本は光秀、そなたに与える」

「はっ。ありがたき仕合わせ」

「これで終わりだと思うな。またいつ、どこで同じ病が広まるかわからん。何千、何万と殺す覚悟を決めておけ」

「御意」

信長が本陣に戻るのを見届け、光秀は歩き出した。

延暦寺を焼く炎はいまだ消えることなく、晩秋の空を焦がし続けている。

黒煙を見上げ、光秀は嘆息を漏らした。残党狩りに戦後処理、町の再興と、為すべきことはまだ山のようにある。さらに、今回のような殺戮《さつりく》を幾度も命じられたら、果たして自分の心身は耐えられるのか。

ひどい疲れを覚えながら、少し歩いて湖畔に出た。

間近で史上類がないほどの殺戮が行われても、湖面は常と変わらず穏やかなままだ。湖を渡る冷たい風を浴びながら、掌《てのひら》の十字架をしばし見つめる。

せめて、清らかな水底で、穏やかに眠るがよい。
心中で呟き、握りしめた十字架を湖に向け、思い切り投げた。

土筆《つくし》の指

——江戸時代初期、中部地方

西條奈加

西條奈加（さいじょう・なか）
一九六四年北海道生まれ。二〇〇五年に『金春屋ゴメス』で第一七回日本ファンタジーノベル大賞を受賞しデビュー。一五年に『まるまるの毬』で第三六回吉川英治文学新人賞、二一年に『心淋し川』で第一六四回直木賞を受賞する。近著に『婉玉みっつ』『とりどりみどり』など。

土饅頭《どまんじゅう》から、土筆《つくし》が生えている――。最初は、そう思った。

土筆は四本、茶がかって節くれ立っていて、風に揺れているのかお辞儀するように頭を垂れたり、斜めに傾いだり、まるで生きてでもいるようだ。

でも、と真円《しんえん》は、はたと気づいた。いまは夏の盛りだ。土筆は春先に頭を出し、晩春には見なくなる。寝坊して、今頃になって土から顔を出したのだろうか。

もうひとつ、おかしなことがある。日は西の空の高いところにあるが、雲が多く大気は蒸し暑い。風はそよとも吹いていないのに、どうして四本の土筆は揺れているのか。

いや、揺れているのではなく、うごめいている。真円から見て、右から二番目の土筆がいっそう長く、左端の一本は細くて短い。

土筆ではなく、小蛇か芋虫のたぐいだろうか？

丸い坊主頭を傾げてから、おそるおそる近づいてみた。

真円は十一歳。この阿吽寺《あうんじ》は山寺だが、去年この寺に入門するまで、山を下りた麓の町で育った。

芋虫なら知っていたが、蛇は見たことがない。好奇心が勝ったものの、そもそも意気地がなく怖がりだ。真円にとって、この世は怖いものであふれている。

ただ、いちばん怖いのは、蛇でも虫でもなく、お化けである。

小坊主として寺に入ることになったのは家の都合だが、本堂の裏手に広がるこの墓地を初めて目にしたときは、まさにこの世の終わりを見た気がした。

住人は死者のみで、夜な夜な人魂がとびかい、幽霊だの物《もの》の怪《け》だの妖《あやか》しだのが集う――。

そんな夢にうなされて、恥ずかしながら夜中に粗相をしたこともある。それでも一年と三月が過ぎて、ようやく慣れてきた。現世からあの世へと、橋渡しをするのが寺の役目であり、生身を捨てて仏となる者たちを送るのが、僧侶の務めである――。

住職の教えを胸に、真円なりに精進してきた。死人、いや、仏にもだいぶ慣れ、ひとりで墓地の掃除もできるようになった。他の季節なら、竹箒《たけぼうき》を手にするところだが、夏の掃除といえば草むしりだ。

東西に長い墓地の東側はまだいい。石造りの墓が並んでいて、その周囲の草を抜くだけで済むからだ。しかし西側には、卒塔婆《そとば》だけが方々に突っ立っていて、新しいいくつかの土饅頭を除けば、地面が広がっているだけだ。山間《やまあい》の寒村だけに、墓石など立てられない者の方がむしろ多かった。

遺体が骨となれば、盛った土が地中へと落ちて、土饅頭は平たくなる。およそ一年ほどはかかるが、ご遺骸《いがい》が無事に仏となった証《あか》しでもある。ただ、土の墓だけに、放っておくとすぐに草ぼうぼうになる。さすがにすべては取り切れないのだが、真円に課せられた修行でもあり、毎日少しずつ草むしりを続けている。

件《くだん》の土饅頭は、昨日草むしりを終えたばかりだが、昨日は土筆など生えてはいなかった。土饅頭としては墓地の中ではいちばん新しく、故人が亡くなって、まだ半月ほどしか経《へ》ていない。

また土筆が動いた。やはり生き物なのだろうか。

一歩一歩近づいて、土饅頭の前に達したとき、四本の土筆がそろって頭を垂れた。

ぐにゃりと曲がった頭の裏に、爪がついている。

これは土筆ではなく、四本の指だ――。

悟ったとたん、それを打ち消すように大きな叫び声が出て、真円は一目散に庫裏《くり》へと駆け戻った。


「何だ？　どうした、真円？」

庫裏を入った土間で兄僧の姿を見つけるなり、真円は飛びつき腰にしがみついた。

「じじじ、実慧《じっけい》さま……つつ土筆が、ゆゆゆ指で……うごうご動いてえええええ！」

「何を言っているのか、さっぱりわからないよ。ほれ、喉《のど》をうるおして、少し落ち着きなさい」

ひとまず水を飲ませたが、喉につかえたのか激しくむせる。板間の框《かまち》に腰掛けさせて、背中をさすってやりながら、何が起きたのか小坊主に語らせた。かなり暇《いとま》がかかったものの、どうにか話は呑み込めた。ただ、三十路《みそじ》を控えた実慧としては、妄言としか到底思えない。

「土饅頭から指が突き出して、その指が動いていただと？」

「本当なんです、実慧さま。信じてください！」

「おまえの、見間違いではないのか？　指はともかく、仏が動くはずがなかろう」

「でも動いたんですよお！　私の目の前で、指をこうやって折り曲げて……あれはお化けですううう！」

自分の手で、ものを摑《つか》むような形をなぞりながら、怖さがよみがえったのか、ふたたび悲鳴をあげる。額の前で手を合わせ、なんまんだぶ、なんまんだぶと唱え続ける。

真実はさておき、子供がこれほど怖がっている以上、放っておくわけにもいくまい。

「わかった、わかった。私が確かめてくるから、おまえはここにいなさい」

「ひとりにしないでください、実慧さま！」

「では、ともに行くか？」

行くのも残るのも嫌だと、小坊主の顔には書いてある。

この山寺には、住職ともうひとり、実慧より年嵩《としかさ》の僧侶がいるのだが、都の本山で開かれる大回向のために、ともに半月ほど前から寺を留守にしていた。戻るまでには、あと五日はかかろう。

つまり、いまこの寺にいる僧は、実慧と真円だけだった。

寺男もいるのだが、いまは菜を取りに、山門を下りたところにある畑に出ていた。

実慧は僧侶としてはまだ若いが、経はもちろん檀家《だんか》への対応も身についている。また書を良くし、仏典にも明るい。それ故に、住職も心置きなく後を任せて、都に上ったのだ。

「実慧さまは、怖くないのですか？」

「動く仏なぞ、目にしたことがないからね。もしもいるなら、ぜひとも見てみたい」

にっと笑うと狐目《きつねめ》になり、少し意地悪くも映る。色白でひょろりとして、商家の若旦那のような風情《ふぜい》だが、立ち回りは抜け目なく、言葉の端々に棘《とげ》や皮肉も忍ばせる。それを目下の真円に向けることはしないが、ただ、からかわれるのは茶飯事だ。

「仏がよみがえったら、まずどこに行くと思うね？」

「わかりません！」

「長のあいだ飲まず食わずで、土の下にいたのだ。まず、水や食い物にありつきたいと思うだろうな」

「ということは……この庫裏にやってくると？」

かもしれんな、と兄僧に微笑《ほほえ》まれ、ぶるりと身震いした。

「私も実慧さまと、ご一緒します……」

なけなしの勇気をふり絞っても、実に情けない声が出た。

「たしかにこれは、仏の指だ……」

土饅頭の前に跪《ひざまず》き、実慧はためつすがめつして四本の指をながめる。

指が生えているのは、丸く盛った土饅頭の天辺ではなく、向かって左の真ん中あたり、半円を四つに切ると、左のひとつ目とふたつ目の境となろうか。

水気が抜けたのか、指は細く節くれ立ち、皮膚が茶色に変わっているから、真円の話どおり土筆を思わせる。ところどころ皮が破けて、紫と黒を混ぜたような死肉が顔を出していた。

「だが、ぴくりとも動かんな。やはり動いたというのは、気のせいではないのか？」

いまは雲に覆われてしまったが、先刻まで日が出ていた。木漏れ日が落ちたか、あるいは動顚《どうてん》のあまりの気の迷いではないか。実慧はそう推測したが、土饅頭からかなり離れたところから、真円が否定する。

「気のせいではありません！　さっきは物をわし摑むように指が折れていたのに、いまは伸びています。指が動いた、何よりの証しです！」

臆病ながら、頑固なところがある。言い張るのは、ある意味、子供らしさとも言えよう。実慧が無下に退けることをしなかったのは、腕を伸ばす格好で、指が顔を出したのが、やはり不思議に思えたからだ。

「この仏は、西里《にしざと》の稗八《ひえはち》であったな。杣《そま》を生業《なりわい》として、まだ三十代の働き盛りだった」

阿吽寺は、背後の北側に山を負う形で、村を見下ろすように鎮座する。

村は南と東西の三つに分かれ、それぞれ南里《みなみざと》、東里《ひがしざと》、西里と呼ばれた。村の南に川が流れているために、豊かな田畑が広がるのは南里に限られ、物持ちの家も多い。

東里は猫の額ほどの細切れの畑地で、米は作れず、蕎麦《そば》や雑穀《ざっこく》などを植えている。

西里は木の繁った山々が連なり、耕地には向かない。西里には木を切る杣人か、山の獣や山菜を糧とする猟師が多かった。

墓地の景観が、東西でくっきりと分かれているのもそのためだ。東側に並ぶ石墓に眠るのは、南里の者たちが多く、東西の里は卒塔婆がせいぜいで、土饅頭のみもめずらしくない。稗八もまた、卒塔婆すら立てられぬ貧しい身の上であった。

ただ、土饅頭だけは、きれいな半円を描いている。半月のあいだ風雨にさらされたというのに、形を保っているとは考えにくい。

「真円、この土饅頭は、おまえが手入れをしていたのか?」

ふり向いた実慧に向かって、十歩ほど離れたところから、真円がこくりとうなずく。

「私が初めて、土饅頭を仕上げた仏さまでもありますし」

「そうであったな。かようなまでに見事に丸い饅頭は、初めて見たぞ」

墓穴を掘り、遺体を埋め、土を盛るのは寺男の仕事だが、土饅頭の仕上げは真円が手掛けた。いくらていねいに土を盛っても、でこぼこしていたり左右で高さが違ったり、どこかに歪みが出るものだ。しかし真円の拵《こしら》えた土饅頭は、まるで型で抜いたようになめらかな稜線を描いていた。

「丸くするのは、もとより得手《えて》なのです。故にご住職から、真円の名をたまわりました」

嬉しそうに、初めて笑みらしきものを見せる。初めて手掛けただけに、思い入れも深いのか、雨風で形が崩れるたびに、丸く整え直していたという。

「存外、墓の下の稗八は、おまえに礼を言いたかったのかもしれないな」

「私に、ですか?」

「仏になったとて、気にかけてくれる者がいるのは、やはり嬉しかろう」

さっきまでは、お化けとしか思えなかった。真円にとっては見ず知らずの男が、急に身近に感じられた。わざわざ礼をするために、地面の上に手を伸ばしてくれたのだろうか。土筆に似た四本の指が、妙に健気にも見えてくる。

「実慧さま、指が隠れるよう、盛りを高くしてやってもいいですか?」

「ああ、そうしておやり」

上から土を盛って、もう一度念入りに饅頭形に整えた。最初はびくびくしていたが、真円が作業を終えるまで、指はぴくりとも動かなかった。

ひとまわり大きくなった墓の前に線香を立て、実慧が経を読み懇《ねんご》ろに弔う。

大きな務めをひとつ、やり切ったような気分になって、夕餉《ゆうげ》には寺男が拵えた野菜汁で腹いっぱいになり、その晩はぐっすり眠った。

しかし朝の勤行を終え、掃除に出ていった真円は、叫び声とともにたちまち戻ってきた。

「じじじ、実慧さま……ゆゆゆ指が、指がまたあああ!」

片眉をしかめ怪訝《けげん》を示しながらも、実慧はすぐさま稗八の墓に赴いた。昨日より高くなった土饅頭の上に、たしかに土筆のような指が出ている。しかも四本ではなく、一本増えている。

短い親指は、春先に吹いた芽のように、空に向かって伸びていたが、ふいにそれが思い出したように動いた。親指だけではない、他の四本の指と合わせて、まるで土をかきむしるようにうごめいている。

「これは面妖な……本当に死人《しびと》の指が動いている」

指はひたすら、土をかくような動きを続け、指先はすでに土まみれだ。労力のわりに甲斐が乏しいものの、それでも遂に土饅頭の天辺が崩れ、手首から先が地上に出た。

「もしや、土から出ようとしているのか?」

興味が勝って、目が離せない。立ち上がろうとする赤子を見守るように、思わず拳を握ったが、ほどなく中指の爪が剝がれ落ちた。見れば小指も同様で、薬指の爪も半分なくなっている。この調子では、肘《ひじ》が出る前に手の方が参ってしまいそうだ。

顎《あご》を手で支え、とっくりと考えてから、実慧は声を張った。

「悟助《ごすけ》！　悟助はおるか！　こちらに来てくれ！」

呼んだのは、寺男の悟助である。二十二歳と若く、動きはきびきびしている。待つほどもなく、墓地に現れた。

「実慧さま、ご用ですか？」

「悟助、これを見ろ。仏の手が地より這い出て、さらには動いているのだ」

悟助は色黒で、目鼻立ちがくっきりしている。大きな目をぱちぱちとしばたたかせたが、驚くでもとび退《しさ》るわけでもなく、墓に近寄って、土をかく手をじっくりとながめる。

「こりゃあ、めずらしい。動く死人なぞ、初めてだ」

実慧は怖さより興味が先んじる性分だが、悟助は単に肝が据わっている。山で熊に出会っても、眉ひとつ動かさず、逃げるなり仕留めるなり、その場で最善の対処ができる。

悟助は西里の猟師の三男で、自身も父や兄たちと山で獣を追っていた。熊に動じないのは、その理由もあろうが、信心深い母親の願いで、二年前から寺男として阿吽寺で働いている。当人は猟師に戻りたがっていて、今年の暮れまでと年季を決めていた。

ただ、熊のみならず何事にも表情が変わらないのは、鈍感と見紛うほどの生来の胆力故だ。水汲みや薪割《まきわり》といった日々の力仕事を淡々とこなしているが、墓掘りもまた寺男の役目である。

「ひと月前に仏となった、稗八の墓だ。覚えているか？」

こくりとひとつ、悟助はうなずいた。

「埋葬の折に、何か変わったことはなかったか？」

「いや、何も。穴底に筵《むしろ》を敷いて、仏を横に寝かせました。いつもどおりでさ」

この山村で棺桶を使うのは、石墓を立てられる物持ちだけだ。大方の者は棺《ひつぎ》すら用立てられず、長い墓穴を掘って遺体を安置する。

「そうだよな……私もその場にいたが、特に変わったところはないはずだが」

ふたりがやりとりするあいだも、手は懸命に休むことなく土をかき続ける。

「この仏、外に出たいんですかね？」

「おまえもそう思うか？　悟助、ひとつ助《す》けてやってくれまいか？」

「わかりやした」

あたりまえのような顔をして道具を取りにいき、斧《おの》と鋤《すき》を手に戻ってきた。斧は万一のための護身用だと説き、墓の傍《かたわ》らに置く。

「気をつけろよ。仏を傷つけてはいかんぞ」

承知の上だと言いたげに、手にした鋤を示す。墓掘りには鉄製の鍬《くわ》も使うが、遺骸を傷つけぬよう木製の鋤をえらんだようだ。

まず指が出ている場所を避けて、周囲の土を鋤で崩していく。しかし半分も済まないうちに、真円が真っ青な顔で走ってきた。

「実慧さま、いったい何を……まさか、仏を掘り起こすおつもりですか?」

「動く仏なぞ、前代未聞であるからな。どうなっているのか、確かめてみんと」

「墓を暴くなぞ、何て罰《ばち》当たりな。仏に祟《たた》られかねません!」

「この仏が、自ら外に出たがっているのだ。今生に未練があって成仏できぬというなら、望みを叶えてやるのが僧の務めではないか」

「動く死人なんですよ! 無闇に土よりよみがえらせては、こちらを襲うやもしれません」

「大丈夫だ。もしものときには、悟助が何とかしてくれる」

「熊や狼にくらべれば、への河童《かっぱ》です」

真円をふり返り、うん、と頼もしくうなずく。いくら心強い寺男であっても、死人を、いや、得体の知れない化け物を地上に出すなど、正気の沙汰ではない。

「駄目です、実慧さま、やめてください! せめてご住職が戻られるまでは、そのままに……」

「五日も放っておいたら、力尽きてしまうわ。怖いなら、おまえは離れていなさい」

「姿を出したとたん、とびかかってきますよ!」

「だから万一のときは、どうにかする。私ではなく、悟助がな」

どんなに泣いて頼んでも、実慧はやめようとせず、必死の懇願のあいだも、悟助は黙々と作業を続ける。

周囲の土を粗方削り終え、土饅頭は手首を載せた土の柱と化している。悟助は鋤を放し、用心深く土の柱を崩していく。

土柱が腕と変わらぬほどに細くなったとき、ぱたりと柱は倒れ、腕が地面に投げ出された。右手の二の腕から先が、地面から出ている格好だ。悟助がにわかに首を傾げた。

「もっと深く、埋めたつもりなんですが」

「見つけたのは昨日だが、きっと何日も前から、地の底で土をかいていたのだろうな」

右腕のようすからすると、平らになった地面のすぐ下に肩があり、首や頭もあるはずだ。

実慧に促され、仏を覆い隠した土を、悟助が両手ですくうようにしてとり除く。

「たぶん、この辺りが頭だと思いやすが……」

見当をつけて、その辺りの土を用心深く掘ると、やがて白っぽいものが見えた。

「それは……目玉か？」

かなり濁っているが、白の中に黒い玉らしきものがある。最初は虚《うつ》ろに見開かれていたが、ふいに黒い玉が動き、上からながめていた実慧と視線が合った。

そのとたん、地の底から呻《うめ》き声が漏れ、地表に出ていた右腕が高く上がった。同時に、地中からずぼっと左腕が生えて、両の手が空をかく。

さすがに実慧も驚いて、墓から二、三歩後退ったが、真円は頭が真っ白になるほど肝を冷やした。ふたりからずっと離れて、墓石の陰からようすを覗いていたのだが、地中から響く恐ろし気な声と、突然地中から生えたように見える腕に恐れをなして、少々ちびってしまった。

いちばん間近にいる悟助は、踊るように動く手に腕や足をたたかれて、めずらしく顔をしかめる。力はまるでなく、当たっても子供の腕ほど頼りないのだが、腕に当たったときに死骸の肉が剝げてこびりついたのだ。

「臭いからすると、かなり腐れていやすね」

土で洗うようにして死人の肉を落とす。暑い盛りだけに腐敗が進んでいる。死骸が動くたびに死臭が強くなり、鼻を刺すほどだ。悟助は獣やご遺骸で慣れているようだが、実慧はたまりかねて鼻を袖《そで》で覆った。

「存外、達者に動くのだな」

「どうします？　土をすべてのけやすか？」

「できれば話がしたいのだが。声が出るのなら、口も利けよう。色々と、ききたいことがあってな」

「話ですね、わかりやした」

短く応じて、てきぱきと動き出す。まず踊る手を地面に押さえつけ、手早く土をかけて埋め戻す。それから顔の上の土を、すべてとり除いた。

改めて遺骸の顔を覗き込み、実慧は白い額にしわを刻んだ。

「思っていたよりも、痛みがひどいな。片目も鼻もなく、右の頰は、耳まで顎の骨が見えておる」

墓前に座ると、頭は左、足は右にくるよう、遺体は横たえられている。顔の右側に崩れがひどいのは、右手で土をかいていたためか。ただ眼球だけは、右目のみ残っており、左はなくなって黒い洞と化していた。

両腕を悟助によって手早く埋め戻されて、ジタバタすることもできない。土の蓑《みの》を被ってでもいるように、地中から顔だけ出して、右の目玉をぎょろぎょろさせる。

「阿吽寺の実慧と申します。こうして話をするのは初めてですね。生前の稗八さんと、お会いできなかったのが残念です」

地中の稗八から自分の顔が見えるよう、上から覗き込みながら話しかけた。

寺に足繁く通うのは、南里の住人に限られ、西里の者たちは、悟助の母親のような熱心な仏教徒でない限り、滅多に寺を訪ねることはない。山との関わりが深い杣人や猟師は、山神をはじめとする古来よりの信仰があるからだ。

檀家制度が敷かれているだけに、弔いは必ず寺で行われ、布施もまた山の恵みや、あるいは労働などで納めているが、稗八についてはとの関わりは非常に薄い。

よって実慧は、稗八については名と生業と、享年くらいしかわからない。

稗八の享年は、三十六歳だった。

「まだ若く、働き盛りであったというのに、ふいの頓死《とんし》とは、さぞ無念であったろうとお察しします。こうしてよみがえったは、この世に何か未練があるのでしょうか？　よければ話してくれませんか？」

物言いはていねいで、声は慈愛に満ちている。檀家に対する、演技は完璧だ。しかし稗八から返るのは、呻《うな》り声ばかりだ。

「参ったな、まったく言葉が通じぬぞ」

心残りや望みがあるのか。食いたいもの、会いたい者は？　一度死んだのは間違いのないところだから、極楽浄土は遠目からでも見えたのか。

色々と手を替え品を替え、粘り強く声をかけ続けたが、とうとう実慧が匙《さじ》を投げた。

「まるで魂魄《こんぱく》だけが三途の川を渡って、岸に残されたからだのみが今生に帰ってきたようだ」

さすがに疲れたらしく、大きなため息をつき、傍にあった平たい石に腰を下ろす。

「どうします、このままもういっぺん、埋めちまいやすか？」

うーん、としばし逡巡《しゅんじゅん》する。たとえ魂が抜けていても、こうして動き、声を発している以上、生き埋めにするのは、実慧とて寝覚めが悪い。

「そういえば、悟助、同じ西里の出であるなら、稗八についてはおまえの方が詳しかろう。知っていることを、話してくれぬか」

「稗八つぁんのことは、おれも詳しくねえです。同じ西里でも家が離れていて、入る山も違うので」

急峻ないくつもの山が連なった土地に、ぽつりぽつりと家が点在する。それが西里であり、隣家ですらも相当な距離がある。悟助の家は、西里の西寄りにあり、稗八の家は反対側にあたる、東寄りにあった。また入る山についても、先祖代々からの縄張りがあるために、稗八とは山で出会ったこともないという。

「知っていることと言えば、おっ母《かあ》が語ったことくらいで」

「おまえの母は、存外耳聡《みみざと》いからな。きかせてくれ」

「稗八つぁんは若い頃、いったんこの村を出て、長のあいだ帰らなかった。七、八年も経って、ひょっこり戻ってきたそうで」

ふんふんと、熱心に拝聴する。稗八が生まれた土地は、西里ではないという。父親は西里の生まれだが、山仕事を嫌って早くに村を出たあげく若死にし、残された稗八を西里の祖父母が引き取った。しかしやがて祖父母を亡くし、稗八はそれを境に、杣をやめて町場に働きに出たという。

「戻ったのは二年くれえ前で、嫁を連れてきたそうでさ」

「その妻女なら、覚えている。葬式の折に会ったが、この村ではまず見掛けない垢抜けた女子《おなご》だったな」

美人とは言えず、身なりも粗末だったが、仕草や物言いから町の匂いが香った。

「泣き声がやたらとうるさくて、耳障《みみざわ》りでしたがね」

「たしかに、少々芝居がかっていたな」

悟助はにべもなく、実慧も苦笑する。夫の葬式の折、妻はひたすら泣き続け、夫の遺骸にとりすがり、愁嘆場《しゅうたんば》めいた一幕もあった。

実慧は大きな城下町に近い村で生まれ育っただけに、人品の見極めがつく。町の表通りから一歩入った裏路地なぞで、似たような手合いの女子をよくながめた。

「あれはおそらく、堅気《かたぎ》ではなかろうな。遊び女のたぐいと見たが、よくもこんな山奥までついてきたものよ」

「稗八つぁんは、死に顔ですら男前でしたから」にこりともせず、悟助が告げる。

「なるほど……こうなると、男前も台無しだがな」

土から覗く骨と肉片だけの顔を、実慧は気の毒そうにながめた。

「稗八はどうして、村に帰ってきたのだろうな？」

「町の水に慣れず、故郷で所帯をもちたいと。杣の技は子供の頃から爺さんに教わっていやしたし、西里にいる叔父の世話で杣の仕事に就いたそうで」

「顔に似合わず、朴訥《ぼくとつ》な男だったのだな」

片目をきょろきょろさせながら、ひたすら唸り声をあげる稗八に、何がしかの哀れを感ずる。

実慧は石から腰を上げ、覗いた顔の傍らに膝をついた。

「稗八よ、愛しい恋女房に会いたいか？　妻の名はたしか……伊勢《いせ》であったか」

そのとたん、土の中の動く遺骸が豹変した。残った右目をかっと見開き、すでに破れていそうな喉から、はちきれんばかりの咆哮《ほうこう》があがり、墓場に響きわたる。

己を埋めていた土ごとからだを激しく揺らし、両腕がいっぺんに天に向かって突き抜けて、ほぼ同時に、両脚も土の縛《いまし》めを蹴破った。

思わずのけぞった拍子に、実慧が尻をつく。その眼前いっぱいに、片目の化け物が大写しになった。すでに半身を起こし、摑みかかるように両腕が迫ってくる。

「実慧さま！」

声がとび、目の端に悟助が見えた。逃げようとするが、間に合わないと頭が先に理解する。獣さながらに、生きた死人が口を大きく開けた。

殺される――。その恐怖に支配され、からだが動かない。それでも頭のどこかはなおも、目の前の不可思議なものを見極めようとする。

濁った目玉より他は、全てが黒い洞と化している。左目も、正面に開いたふたつの鼻の孔《あな》も、ぱかりと開けられた口も。片顎が露出しているために、口の中が丸見えだ。舌は紫色に膨《ふく》れ、まるで墨をすすったように、歯が黒く染まっている。

――何故、こうまで歯が黒いのか……？

死に際までこんなことが気になるとは、我ながら因果な性分だ。

理解が早いものは、諦めも早い。実慧は観念したが、ガッ、と硬い音がして、触れんばかりに迫った顔が、大きく斜めに傾いだ。

「離れろ、化け物！　あっちへ行け！　この、この、この！」

とんでくるのは石だった。投げているのは真円だ。続けざまに石つぶてをふらせるが、狙いも定めず闇雲にぶつけるから、実慧にも二、三個当たる。

しかし石つぶてに怯《ひる》んだ隙に、悟助がその頭を蹴り上げる。墓の傍らに置いていた斧を素早くとり上げ、はずみで仰向けに倒れた腹に力いっぱいふり下ろした。

ギャッ、と短い叫び声が上がり、動きが止まった。

悟助の見事な手際で、死人の胴と足は、真っ二つに分かたれていた。

「実慧さま、実慧さまあああ！　良かったああああ、ご無事で良かったですううう！」

しがみついて泣きじゃくる小坊主の頭を、ぐりぐりと撫《な》でながら礼を口にした。

「恩に着るぞ、真円。おまえのおかげで命拾いした。さすがは武士の子、たいしたものだ」

真円は武家の血筋なのだが、母の身分が低いために町屋で育ち、跡目争いに利用されぬよう、山深い阿吽寺に預けられた。

当の真円にとっては、わけもわからず母親から引き離されたに等しい。未だに母を恋しがって、めそめそしているような甘ったれだが、素直な気性なればこそ、兄僧を助けねばと咄嗟《とっさ》にからだが動いたのだろう。

石が当たった額は、いまさらながらズキズキしてきたし、恐怖のあまり盛大にやらかしたようで、膝に乗せた小坊主の尻は濡れて冷たかったが、感謝の念が減ることはない。

真円が落ち着くと、着替えてくるよう促した。墓地からその姿が消えると、若い寺男をじろりと睨《にら》む。

「それにくらべて悟助、あれほど大言を吐いておきながら、出遅れていたではないか」

「実慧さまが、不用意に近づくから。あんなに寄っては、さすがに庇《かば》いようがねえです」

悪びれることなく返す悟助に、なおもぐちぐちと文句をこぼす。

「おまけに、殺してしまうとは何事か。世にもめずらしき、動く仏であったというに」

「殺してません。もう、死んでますから。それより、埋め戻してよろしいですか？」

「いや、ちょっと待て、確かめたいことがある」

空に向かって、ぽっかりと口を開けた遺骸の傍らに膝をつき、肉が剝がれて露出した奥歯を念入りに検《あらた》める。

歯にこびりついた墨のような代物を、人差し指でこそげ落とし、親指でこすってみる。かすれた黒には、かすかに赤い色が混じっていた。指を鼻に近づけて、嗅いでみる。腐臭の奥から、わずかに甘い匂いがした。

「悟助、夏に赤い実をつける木というと、何が浮かぶ？」

「いま時分なら、山桃ですかね。夏に赤い実となると、それくらいしかありやせんから。あれは西里の者にとっちゃご馳走で、甘酸《あまず》っぱくて旨《うめ》えんでさ」

悟助の語りに耳を貸しながら、じっと考え込む。

「稗八は夜半に急に苦しみ出して、一晩中悶《もだ》えたあげく夜明けを待たず頓死したときいた」

いちばん近い稗八の叔父の家もかなり離れており、山に慣れないだけに、助けも呼びに行けなかったと、妻の伊勢は泣きながらそう語った。

死者の目は辛うじて閉じられていたものの、苦悶は凄まじかったらしく、顔は大きく歪み、口はねじれるようにひん曲がっていた。

「稗八の仏を一目見て、食中《しょくあた》りではないかと疑ったのだが……」

夫と同じものを妻も食べたと言い張り、何に中ったのかはわからなかった。

「稗八が、この歯にこびりついた赤い代物に、中ったのだとしたら……」

「山桃を食い過ぎると、腹がゆるくなることはありやすが。どんなに食べたところで、死にやしません」

「山桃と間違って、別の実を食ろうたとしたらどうだ？　たとえば……瓢箪木《ひょうたんぼく》とか」

え、と悟助の顔色が変わる。滅多に驚かない男だが、めずらしく動揺を声に出す。

「山桃と瓢箪木を、間違えるなんてありえやせん！　形も大きさもまったく違うし、何より瓢箪木は、フタコロビと呼ばれる大毒でさ」

医者のいない山間では、僧侶がしばしばその代わりを果たす。実慧もまた本草《ほんぞう》には明るく、瓢箪木の恐ろしさはよく知っていた。

山野に生える人の背丈ほどの木で、この辺りでは初夏に花をつけ、梅雨時から夏にかけて実を結ぶ。花の色は初めは白く、後に黄色くなるために、金銀木《きんぎんぼく》とも呼ばれるが、ごく小さな実を二つくっつけたような瓢箪形の実をつけるため、この土地では瓢箪木の方が通りがいい。

西里の向こう見ずな若者が、試しにかじってみたそうで、実は存外なほどに甘いという。すぐに吐き出したが、それでも嘔吐《おうと》と下痢をくり返し、十日以上も床に就いた。その後もしばらく腹具合が悪く、猟の獲物が食えるようになるまで一年以上も要したという。

フタコロビの二つ名は、瓢箪形の実と、転ぶ、すなわち死ぬことからつけられたのだろう。幹も枝も葉もすべて毒を有するが、何より毒性の強いのが実であり、鳥兜《とりかぶと》にも匹敵する。

その苦しみようは凄まじく、まさに七転八倒してもがき苦しむ――。決して食べてはいけないと、子供の頃に両親にきつく戒められたと悟助が語る。

「山で見掛けたら、即座に刈っちまう。西里の者なら誰もが承知していやす。杣人の稗八つぁんが、間違って食うなぞありえやせん」

　悟助は抗弁したが、実慧の胸に生じた疑惑は消えない。

「ならば、騙して食わせるというのはどうだ？　山桃を盛った籠に、瓢箪木の実を混ぜておくとか……」

「そいつは無理でさ。山桃の実は一寸ほどもある上に、皮が粒々している。瓢箪木は実がずっと小さくて、皮はつるりとしてまさ」

　一寸は、子供の真円の親指くらいか。対して瓢箪木の実は、山桃の四分の一ほどの実が二つ合わさって瓢《ひさご》の形を成している。皮の具合や見てくれも異なり、両者の違いは子供ですらすぐにわかる。

「瓢箪木の実を割って、山桃に埋め込んだとしたら？」

　思いつきに過ぎなかったが、口にしたとたん、実慧自身が寒気を覚えた。

　すぐに吐き出した男すら中ったのだ。夜半、苦しみ出したのなら、稗八が毒を口にしたのもおそらく夜だろう。その絵が、頭に浮かんだ。

　――ほら、おまえさんの好きな山桃だよ。たんと食べておくれね。

　妻が優しい笑《え》みをたたえて、山桃を盛った籠を夫に差し出す。西里の家々には灯りもない。唯一の灯りは囲炉裏《いろり》の火だが、夏場のいまは、たとえ煮炊きに使ったにせよ、炭は灰に埋めて、屋内は暗かったはずだ。

　常の山桃よりも、さらに甘く感ずる赤い実を、稗八は喜んで食べ、そして――。

浮かんだ光景を、悟助に語る。単なる想像に過ぎないはずが、妙に現実味を伴っており、ふたたびぶるりと震えがきた。

「だが、何だってそんなことを？　亭主を亡くして、いちばん困るのは女房でしょうが」

「知るか。大方、山暮らしに飽いて、町に戻りたかったのではないか？」

「それなら、てめえだけ山を下りればいい話です。殺す謂れはありやせん」

妻の心模様など、知る由もなく興味もない。ただ、稗八に毒を与えられるのは、妻女より他にいないはずだ。

「明日にでも、稗八の家に行ってみるか。訪ねるだけで一日仕事になりそうだが」

西里に至るには、山門を下りて南里からぐるりとまわって山に分け入ることになる。つづらに折れた山道を辿り、西里の東端にあるという稗八の家までは、日の出とともに寺を出ても、到着は午《ひる》近くになるかもしれない。

「それでも、伊勢というあの妻に糺《ただ》さぬと、どうにも寝覚めが悪い」

「実慧さま、それなら……」

こちらを向いた悟助の背後から、突然大きな唸り声があがり、死体がふたたび動き出した。片目の顔がこちらを見据え、両手で空をかきながら、悟助にとびかかろうとする。

ざっと土を蹴立てて、悟助が素早くとび退る。

「腹を裂かれても、まだ死なぬのか……なんと恐ろしき化け物か」

恐ろしいと口にしながら、実慧の瞳は我知らず輝いていた。

脳裡《のうり》に、首を失って走り回る、鶏の姿が映じた。実家の庄屋宅で、下男が鶏を絞めていたときのことだ。首を落とした鶏が、突然走り出したことがある。

首のない鶏が、幼い自分に迫ってくる――。あれほど怖い思いをしたことはなく、幼い実慧は、真円と同様にちびってしまった。鶏は腰を抜かした実慧の脇を素通りし、広い庭を端から端まで駆け抜けて、ぱたりと倒れた。

「鶏には、たまにあるんでさ。首なしで、動く奴がね」

下男は事もなげに言って、その首なしをあたりまえのように捌《さば》いていた。

「からだが、よほど達者なのか。あるいは、今生に未練があるのか。鶏の気持ちなぞ、察しようがねえがね」

下男は羽根をむしりながら、独り言のように語った。

「まあ、もしもおれがこいつだったら、食われるのはご免だと、やっぱり首がないまま走り出すかもしれねえな」

その夜の夕餉は、鶏鍋だった。椀によそわれた湯気の立つ鶏肉を、しばしじっと見つめたが、動き出すようすはない。おもむろに口に入れて咀嚼《そしゃく》すると、肉の旨味が舌の上に広がる。鶏鍋は、たまにいただくご馳走で、実慧の好物だった。

胃の腑に収めた鶏が、腹を食い破ってとび出してくる悪夢を見て、布団にやらかしたりもしたが、まるで銅銭の表裏のように、恐怖の裏に張りついていたものがある。

どうして、首のない鶏が動くのか――。

不思議に対する、疑問と好奇心である。

あいにく鶏については、首を失っても存外長いあいだ足が動くことがある、という以外、確かなことはわからなかったが、以来、学問に精を出すようになり、長じて僧侶の道に進んだ。

腰から下を失って、なおも動き出した稗八の死骸は、首なしの鶏を思い起こさせ、恐怖に裏打ちされた探求心が、実慧の内でにわかに目覚める。

「こうなったら、頭を砕くしかありやせんね」

悟助が斧を掴んで、頭上にふり上げた。実慧が、慌てて止める。

「待て、殺すな！」

「もう死んでやす。足がなくとも、虫みてえにとびついてくるかもしれねえし」

「そこまでの力はあるまい。見ろ、ひっくり返った亀のごとく、腹ばいにさえなれぬではないか」

半身の稗八は、両腕をバタバタさせながら、ひたすらもがいている。

「可哀想だから、助《す》けてやってはどうだ？」

「実慧さまも酔狂な。また襲われても、知りませんよ」

「そのときは、おまえに頼む。今度こそ、役に立ってくれ」

勝手なことをとぼやきながらも、悟助は右手の斧は放さぬまま、左手に鋤を握った。鋤を死体に引っ掛けて、田起こしの要領で手前に引くと、ころりと稗八は腹ばいになった。

野生の獣を前にするように、悟助は緊張をみなぎらせ、実慧もごくりと唾を吞む。

ふたたびの襲撃も覚悟していたが、案に相違して、稗八はふたりを見向きもしない。二本の両腕の肘を張り、トカゲのごとく前後に動かしながら、這うようにしてからだを引きずっていく。極限まで張り詰めた空気がいったん解け、実慧が大きく息をつく。

「どこに、行こうとしているのだろうな？」

「西に向かっているから、家に帰りたいんじゃねえですか」

「このまま西に行っても、先は崖ではないか。落ちてしまうぞ」

阿吽寺は、小高い丘の上に建っていて、境内《けいだい》の南に開いた山門から南里までは、半分ほどが木の枠で土を支えた階段が造られているが、後の半分は緩やかな坂道が続く。境内は相応の広さがあるものの、南を除く三方向はきつい斜面ばかりで、殊に西側は草木のない切り立った崖になっている。

稗八の足ならぬ両腕の動きはいたって鈍《にぶ》く、切った胴からは腐った臓物がはみ出て、ずるりと腸《はらわた》の片端が落ちた。長く尾を引くように腸は墓地に置き去りにされ、臭いもひどい。

実慧は袂《たもと》で鼻を覆い、悟助に文句をこぼした。

「腹を裂いたために、境内が汚れたではないか。掃除はおまえがするのだぞ」

「腸が抜けても動くとは。やっぱり止めるには、頭を潰すしかねえですね」

地面に長く伸びた腐った腸を避け、ふたりは離れて見守っていたが、ようやく死人が墓地の西端に至る。

風除けの目的もあり、境内は三重ほどの樹木で囲まれている。その手前まで到達したとたん、いきなり進みようが速まった。

それまで亀のごとき速さであったのに、あっという間に樹木の陰に隠れ、視界から消えた。実慧が理由に思い当たり、歯噛《はが》みする。

「しまった！　腸がすっかり抜けて、身軽になったか」

「実慧さま、お気をつけて。境内の西っ側は、林から向こうが緩い坂になっていやすから」

稗八の速度が上がったのは、そのためもあるようだ。

短い林を抜けたとたん、いきなり視界が開けた。西の崖上に達したのだ。

眼前に広がるのは西里の風景であり、阿吽寺の建つ丘よりも高い山々が、複雑な稜線を描く。この崖を下りれば、そのまま西里に至り、南里からまわるよりずっと近いのだが、崖は来る者を拒むように鋭く切れ込んでいる。

「稗八、待て！　行くな！」

必死に叫んだが、間に合わなかった。進みは変わらず躊躇《ちゅうちょ》もなく、半分きりとなった身が崖上から唐突に消えた。傾いた崖上に腹這いになり、下に向かって声を張る。

「稗八！　稗八！　まだ、くたばるでないぞ！」

崖下は黒々とした森で覆われ、姿は見えない。しかしほどなく唸り声が届き、実慧が胸をなで下ろす。

「良かった、まだ生きておるようだ」

「良くはありやせん。あんな化け物が現れたら、西里は大騒ぎになりやす」

「それはたしかに大事だ。しかし、どうしたものか……南里をまわるしか道がないが、数時はかかろうし……」

「道ならありやす。実慧さま、こちらへ」

悟助が機敏に身をひるがえし、実慧も後を追う。達したのは境内の北西だ。

この辺りは崖上から下まで木が繁っており、見通しが利かない。崖上の二本の木に、太い縄が巻かれていることに、実慧は気がついた。握った縄は崖下へと落ちていて、そこから先は横木を通した梯子《はしご》の形を成していた。

「何だ、これは？　縄梯子か？」

「ここだけ、崖が三段になっていて、そこに梯子を三つかけたんでさ。こいつを伝えば、崖下に下りられやす」

「これはおまえが拵えたのか？　許しも得ず、勝手なことを」

「梯子を仕掛けたのはおれですが、ある方に命じられたんでさ」

「ある方とは？」

「そいつはご勘弁を。本当は縄梯子についても、他言無用と命じられておりやして」

固く口止めをされたか、賂《まいない》でも受けとったか。悟助は名を明かそうとしなかった。

「かように弱々しい梯子で、大丈夫なのか。半ばで切れたら真っ逆さまだぞ」

「梯子はさして長くありやせん。崖の一段は、二階屋ほどの高さでやすから。万一落ちても、木が受けとめてくれまさ」

悟助は言い置いて、猿のようにするすると梯子を下りていく。悟助が下に着いたのを確かめて、実慧はこわごわ縄梯子に足をかけた。横木に足を下ろすたび、握った縄ごと足場が揺れて肝が縮む。繁った木々は風除けの役目を果たしてくれるものの、伸びた枝葉が手足や坊主頭を容赦なくたたく。

そういえば、と実慧は思い出した。坊主頭に、よく切り傷をつける者が寺にひとりいる。

悟助に縄梯子を命じたのは、おそらくその者か。

だが、何のために？　西里にどんな用があるというのか。

考えに集中していたために、二段目と三段目は、さほど恐怖は覚えなかった。

「とにかく、稗八を探さねば。落ちたのは、どの辺りだ？」

おそらくこっちだと、悟助が見当をつけて歩き出す。その背中を見ながら、実慧はたずねた。

「あの縄梯子は、おまえも使《つこ》うていたのか？　実家《さと》帰りの折なぞに」

「いや、まったく。おれの家は西里の西端で、この東っ端から辿り着くには、尾根をいくつもまたぐことになりやす」

大回りにはなるが、南里をまわった方が楽に行けると、悟助が説く。

「ならば梯子をかけるよう命じた者は、西里の東側に用があるということか」

考えを口の中で呟《つぶや》いたが、いまは稗八を見つけるのが先だ。

「落ちたのは、この辺りのはずでやすが……ほら、あそこの枝が折れてやすし」

樹上を指差して悟助は見当したが、稗八の姿はどこにもなく、名を呼んでも呻き声は返らない。

「きっと家に戻ろうとしておるのだ。悟助、稗八の家はどこだ？」

「わかりやせん。同じ西里でも、東っ側のことはさっぱりで。ただ、進んだ方角ならわかるかと」

悟助は地面をしばし検めて、土についた手の跡を見つけた。からだを引きずった痕跡もある。こっちだと示したのは、北北西の方角だった。

跡を辿りながら先へ進むと、やがて崖下の森を抜けた。先も木々が立ち塞がってはいるものの、視界はだいぶ明るくなった。その林が切れたとき、すいと悟助は指を差した。

「あそこに、家がありやす」

その先は短い谷となっていたが、谷を越えて上った辺りに、たしかに家が一軒見えた。

実慧が、思わずほっと息をつく。

息があがり、草履《ぞうり》の足も墨染の衣の裾も、すでに泥まみれだ。谷を下りる際には足がすべり、尻から下がさらに土まみれになったが、人家に向かって構わず進んだ。

山腹にしがみつくように建つ家まで、どうにか辿り着いた。

家というより小屋に近い。こんなボロ屋で、冬の寒さが凌《しの》げるのかと案じられるような粗末な代物だった。それでも人が住んでいるようすはあり、女のものと思《おぼ》しき声がする。

しかし家の周囲には、半身で動く死人の姿は見つけられない。

「稗八つぁんの姿は、ありやせんね。見当が違いやしたか」

「この辺りの者なら、稗八の家も存じていよう。人がいるようだから、訊《たず》ねてみよう」

山肌をちょっと削ったような狭い土地だけに、家の周囲も広くはない。戸口の脇に差し掛け小屋があり、中には薪が少量詰まれ、背負い籠や水汲み桶が置かれていた。

実慧は戸口の前に立ち、声をかけようとしたが、すんでで呑み込んだ。

内からはっきりと、女の嬌声《きょうせい》がきこえてきたからだ。なまめかしくも淫靡な喘《あえ》ぎ声は、喜悦のただ中にいることを伝えている。

昼日中から、お盛んなことだ。最中に無粋《ぶすい》をするのは、さすがに躊躇《ためら》われる。

諦めかけたが、内から届いた男女の声が、実慧をその場に留めた。

「お伊勢、お伊勢……ようやくおまえを、存分に可愛がることができる。亭主を亡き者にした、甲斐があったというもの」

「あんな怖い真似をあたしにさせて……約束は忘れないでくださいましよ」

「むろんだ。都の寺に入山する手筈も、整えてきたからな。年が明ければ共に都に上り、おまえには約束どおり家をもたせてやる」

「嬉しい、仁涯《じんがい》さま……もっともっと可愛がって」

その名をきいたとたん、かっと頭が熱くなった。その名も、男の声も、実慧はよく知っている。

僧にしては精悍《せいかん》な顔つきで、からだもたくましい。だが見てくれに反して温厚で、里の者からも慕われていた。住職からの信頼も厚く、小坊主の真円も懐いている。草木や薬に人一倍詳しいことから、実慧も尊敬の念を抱いていた。

「あの縄梯子は、そういうことでしたか」

背中でぽつりと、悟助が呟いた。約束通り名は明かしていないが、暗に命じた主を告げていた。阿吽寺で、住職の次に位するのが仁涯だ。住職とともに都に向けて発ったはずが、おそらく仮病などを申し立てて、村に戻っていたのだろう。

悟助に縄梯子を仕立てさせたのは、お伊勢の許に通うためだ。亭主の稗八に見つかったか、あるいは単にお伊勢を自分のものにしたかったのか。歪んだ思惑など、実慧にはどうでもいい。ただ悔しく情けなく、誰のためかわからない怒りが、喉元までせり上がる。

叫び出しそうになったとき、とん、と背中を小突かれた。ふり向くと、悟助は黙ったまま、親指で背後を示した。

泥のような塊が、ゆっくりと地面を這ってくる。土にまみれ、夏草の切れ端や青い木の葉をからだ中に張りつけた姿は、すでに人とは思えない。

それでも実慧は、心を込めてねぎらった。

「稗八、よう辿り着いたの……」

うう、と唸る声すら、親しみを覚える。

「人外とはまさに、あの男の方だ。たとえ化け物になり果てようとも、稗八、おまえの心根は、人の情に満ちておる」

男への復讐か、妻への愛着かはわからない。どちらにせよ、情の強さにはかわりない。対して仁涯は、僧侶としてのみならず、人として許されぬ行いを働いた。

「稗八、後はおまえの好きにせよ。それがせめてもの、御仏《みほとけ》の慈悲であろう」

音を立てて戸板を開けて、稗八のために道を譲る。両腕でからだを引きずりながら、稗八が敷居を越えると、外からふたたび戸を閉めた。

おそらくふたりからは、大きな蜘蛛《くも》のように見えたことだろう。

家の内は、たちまち阿鼻叫喚《あびきょうかん》の坩堝《るつぼ》と化したが、騒ぎが収まるまで、実慧と悟助は黙って夏の空を仰いでいた。

中天にあった日が、西に傾き始めた頃、家内はしんと静まりかえった。

戸を開けると、血腥《ちなまぐさ》いにおいが鼻を突く。

鼻筋の通った精悍な顔を、恐怖で大きく歪めたまま、仁涯は事切れていた。

全裸の僧侶のからだには、嚙み跡がいくつもあったが、喉元を食い破ったのが致命傷になったようだ。女房の方は無傷だが、目はぼんやりと見開かれ、時々思い出したように、ケケ、と奇妙な笑い声を立てる。夫にしがみつかれたとたん、恐怖と混乱が限度を逸したのか。

稗八は、その白い裸体に覆いかぶさり、露わになった豊かな胸に顔を埋《うず》めていた。

「ようやく思いを遂げたか。せめてあの世では、静かに暮らせ」

稗八はぴくりとも動かなかったが、どこか微笑んでいるように、実慧には見えた。

「実慧さま、ぼんやりなさって。大丈夫ですか？」

声をかけられて、我に返る。真円は握り飯を載せた皿を、実慧の前に置いた。

「お昼を召しあがっていないので、お作りしました」

「ああ、すまないな。いただくよ」

見事なまでにまん丸な握り飯がふたつ。そのひとつを手にとって、しげしげとながめる。

「麦や粟《あわ》が多いのに、ようもこれだけ丸く握れるものだな」

「丸くするのは、得手ですから。私の握り飯を食べると力がつくと、仁涯さまにも褒めていただいたのに……」

と、悲しそうに下を向く。この寺の内で、真円だけは真相を知らされていない。

僧侶が人妻と通じた挙句、亭主を毒殺したなどと知れれば、阿吽寺の沽券《こけん》に関わる。

仁涯の遺体を、あの場に残していくわけにもいかず、実慧と悟助はふたりがかりで運び出し、近くの谷にひとまず埋めた。

数日後、都から戻った住職には一切を明かした。稗八の死骸が動いたことだけは、半信半疑の体だったが、老齢だけに達観している。

「まあ、この世には人知のおよばぬことが、いくらでもあるからの」

と片付けられたが、ただ仁涯の顚末には心を痛め、せめて経だけはあげてやりたいと、実慧と悟助を伴って西里まで赴いた。だが、仁涯の遺体には、誰もが言葉を失った。

「こいつは……稗八つぁんの成れの果てと、そっくりじゃねえですか」

仁涯はすでに、腰から下と腸を失っていた。急いで掘っただけに穴が浅く、獣に掘り返されて餌食とされたようだ。住職は痛ましそうに、骸《むくろ》に手を合わせた。

「因果応報と言えようが、何と哀れな。せめて寺に運んで、供養してしんぜよう」

軽くなった遺体は、背負い籠に入れて、悟助が寺まで運んだ。

稗八もまた、あの日のうちに同じように運ばれて、ふたたび墓地に埋葬されていた。顔を見たくもなかろうからと、仁涯の墓は墓地の外れに築いた。

お伊勢は正気に戻ることなく、それより前に身内に引きとられ村を離れていた。

獣に襲われ必死に抵抗し、どうにか無傷で済んだものの、怖さのあまり錯乱した――。炉端に残った血の跡から、西里の者たちにはそう解釈された。

子供の真円と、そして村の者たちには、仁涯は都から戻る道中で病《やまい》に倒れ、そのまま死んだ、と語られた。

すべてが終わっても、実慧の頭には、未だに疑問が渦を巻いている。

どうして稗八の遺骸が動いたのか――。理詰めで考える性分だけに、未練だの恋慕だの、思いの丈の強さだけでは、どうにも承服しがたい。

「仁涯さまの土饅頭も、私が心を込めてお作りしました」

「そういえば、稗八の墓土も、おまえが整えたのであったな」

はい、と真円がうなずく。動き出した死体には肝を潰したが、襲われたかに見えた実慧を救った勇気ある行いは、住職にも伝えられたいそう褒められた。おかげであの折の恐怖も、だいぶ払拭されたようだ。

「私は泥団子も得意なのですよ。誰よりもまん丸ぴかぴかに、拵えることができるのです。ただ、不思議とよく、穴が開くのですが」

え、と実慧が驚いて、その拍子に飯を喉に詰まらせる。胸をどんどんと叩いて、どうにか腹に収め、改めてたずねた。

「……穴とは、どういうことか。詳しく話してみよ」

「泥団子を二、三日置いておくと、小さな穴がたくさん開いているのです。中から羽虫や小虫が這い出た跡のようで、這い出るところも何度か目にしました」

虫を一緒に握ったつもりはないのだが、必ずと言っていいほど、真円の泥団子からは虫が這い出た跡が残るという。

泥の中に、死んだ虫の足やら翅《はね》やらが、交じっていてもおかしくない。

それが蘇《よみがえ》り、泥団子の中から出てきたとしたら――。

当の真円も気づいていない、神通力であるとしたら――。

じっとしておられず、実慧は立ち上がり、裸足のまま縁から庭に下りて走り出した。

「どうしました、実慧さま。いったいどこへ？」

真円が慌てて後ろをついてくる。真っ直ぐに向かったのは、墓地の外れに築かれた土饅頭だ。

仁涯の遺体が運ばれ、あの場所に埋められてから、半月ほどが過ぎている。

途中で悟助に出くわし、一緒に来るよう命じる。

きれいに盛られた土饅頭の前に達するなり、真円が悲鳴をあげて実慧の腰にしがみつく。

「実慧さま、また土筆が……土筆の指が生えてます！」

「また、四本でやすか」

四本の指は、おいでおいでをするようにうごめいていた。

肉当て京《きょう》伝《でん》——一七九三年、江戸銀座

蝉谷めぐ実

蝉谷めぐ実（せみたに・めぐみ）
一九九二年、大阪府生まれ。早稲田大学文学部で演劇映像コースを専攻、化政期の歌舞伎をテーマに卒論を書く。二〇二〇年、『化け者心中』で第一一回小説野性時代新人賞を受賞し、デビュー。二一年に同作で第一〇回日本歴史時代作家協会賞新人賞、第二七回中山義秀文学賞を受賞。二二年『おんなの女房』で第一〇回野村胡堂文学賞、第四四回吉川英治文学新人賞を受賞。近著に『化け物手本』がある。

盆《ぼん》に載せられ、今宵の夕餉《ゆうげ》が運ばれてくる。

料理の盛られた丼鉢《どんぶり》は二つ。右は、碗の縁に茶色のたれがこびりついているから、おそらく甘露煮《かんろに》。左は、米の上に牛蒡《ごぼう》に焼麩《やきふ》、椎茸《しいたけ》の刻んだのがのっているから、おそらく芳飯《ほうはん》。そしてそのどちらもが、汁つゆだくだく。その丼鉢に指をかけ、畳の上へ並べてゆく女を、ちらりと見やる。己がいつも汁を切ってから飯を食っているのを、己の女房たるこのお菊《きく》が知らぬはずがない。

怪しい。

台所へ目を動かすが、別段気になるところはない。お菊は客商売、それも肌に浮いた汗玉にさえ目を凝らしてくる男相手の働き処《はたらきどころ》に長年身を置いていたからか、綺麗好きな性分で、料理に使う道具はすっかり片付けられていて、心の内で舌打ちをする。捌《さば》いた毛皮の一枚でも干してくれていりゃあ、わかっただろうに。胸内でぶつくさ呟《つぶや》いているうちに、もう丼鉢は目の前だ。覗き込んでみれば、甘露煮の方は汁に浸かった具がてらてらと、芳飯の方はぶっかけられたつゆがつやつやと輝いている。

ますます怪しい。

こうもねっとり膜《まく》を張られては、見た目で判ずることができなくなってしまう。器を両手で持って上げ下げ、中身を確認していると、丼鉢を挟んでの向かい、膝を折ってこちらを眺めていたお菊がつつと煙草盆《たばこぼん》を引き寄せる。そのまま銀煙管《ぎんギセル》を吸い始めるのを見て、面食らう。

おいおい、こいつはもう怪しい以外の何ものでもないじゃあないか。

この料理には件《くだん》のものを入れております。ですから匂いを誤魔化しているのですと、そう告白しているようなもの。くわえて、お菊の吸っているその煙管の形が、己の預かりしらぬ物ときた。己の亭主が煙管屋を商《あきな》っているにもかかわらず、亭主の意匠ではない煙管を咥《くわ》えているのは、己への当てつけに違いない。

暫《しば》しの間、左右の丼鉢を見比べていたが、ついには堪えきれぬようになった。

お菊を真正面に据えつつ胡座《あぐら》をがっちり組み直し「どちらだ」と素直に尋ねる。

出した本は貸本屋で三月《みつき》待ち、家を出れば板元らが揉み手をしながら追いかけ回してくる。そんな戯作者《げさくしゃ》ともあろう己がなんという野暮天《やぼてん》。物語の人物には色々と洒落《しゃれ》た言い回しをさせてきたというのに、こういう時は質素な言葉しか出てきやしない。しかし、丼鉢を目の前にすれば、尋ねずにはおられない。

「どちらに入っているんだね」

お菊はこちらをじいと見る。白粉《おしろい》の塗りたくられた細面は、眉の一本上がることはない。黄《き》表紙《びょうし》の挿画《さしえ》に歌舞伎芝居の役者絵と、浮世絵師としてこれまで様々な絵を手掛けてきたが、この顔は絵には写せぬだろうとそう思った。

するとお菊はにっこり笑って、

「今日はももんじ屋に行ってまいりましたの。肉がお安うございましたわ」

こうして思わせぶりなことを添えてくるのも、小面憎《こづらにく》い。

お菊が食前ぽろりと口から溢《こぼ》した言葉に、こちとら二刻半も悩んだというのに、食べ終わってみれば今宵はどちらにも入れておりませんでしたよ、なんて告げてくることも、ざらにある。入っているのは一月《ひとつき》に二、三度らしいが、これはお菊の答えを信じれば、だ。本当のところはどうだか分からない。もしや、すでに喰って血肉になっているなんてことも。腹を手のひらでぎゅうと押さえ込んでから、お菊へと向き直る。もうなりふりなぞ構っていられない。

「ももんじ屋で購《あがな》ったのは、紅葉《もみじ》だね」と問うと、

「はあて」とお菊は首を傾げる。

「それなら牡丹《ぼたん》か」

「さあて」

「やっぱり柏《かしわ》だ」

「はぁてさて」

鹿肉も猪肉も鶏肉も否やと首を横に振ってから、唇に人差し指をちょいと乗せ、あら、そういえば。

「たしかももんじ屋のももんじは、童《わらべ》の使う言葉からつけられた名前であったとか」

今のお菊の言葉には何か意味が隠されていたのではあるまいか。何かが見立てられていたのではあるまいか。見立てにちゃかし、地口《じぐち》なんかは己が得手《えて》とするところ。そういうのを着物の紋様に表して、小紋の図案集として刷りだせば売れに売れ、己の名はまたぞろ江戸に轟《とどろ》いた。思わず前のめったが、

「いいから、はよう」

お菊はゆっくりと、せかしてくる。

もはやこれ以上渋っても仕方がない。

今までに幾度入れられていたのか。己はすでに喰っているのか。そして目の前の料理のどちらに入っているのか、おらぬのか。

すべてはこの女房のみぞ知る。

「はよう食べなんし」

懐かしい廓《くるわ》なまりに促されて、箸を掴《つか》んだ。息を吸い吐き、手に取ったのは芳飯だ。だが待て、今のは手に取ったのか、それとも取らされたのか。女房の声に備わる魔力のようなものに強《し》いられたのではあるまいか。そんな疑いまでもが頭をよぎる。具を掴んだままの箸は震えて動かせぬので、いつもの如く口から迎えた。味なんてもう一月前から分からぬようになっている。硯《すずり》で墨をするようにして一心不乱にあごを動かす。柏の歯ごたえに似ている気もするが、そもそもあの肉がどんな歯ごたえをしているのか知らぬ。

尋常ならあの肉にお目にかかる、ましてや喰らう機会なんて一生に一度たりとも巡ってこない。己もそうであるはずだった。

この女房と縁付くまでは。

箸を進める間、目の前の女房は何も言わない。約束通りに一碗すべて食べ終えてから、お菊を見やった。お菊は未だ黙ったまま碗を手に取る。ぬるりと立ち上がるなり背を向けて、

「残念でございますわ」

こちらを振り返った顔は、頬がぷくりと膨らんでいた。唇からぷうと空気を吐き出すその腑抜けた音にも、肩が揺れる。

「旦那様が召し上がった芳飯に入れていたのは柏肉。今宵は甘露煮の方に入れておりましたのに」

おもむろにお菊は己の袖に手を添える。薄鼠色《うすねずいろ》の波が寄せては返す青海波紋《せいがいはもん》の小袖を捲《まく》り上げれば、一本の白粉塗りの腕。その腕中に子猫が嚙み抉《えぐ》ったかのような小さな穴がぽこぽこと残っている。

「さすがは山東京伝《さんとうきょうでん》様、恐れ入谷《いりや》の鬼子母神《きしもじん》」

お菊は歌うように言う。

「浮世絵、黄表紙、洒落本、見立て図案とかけば売れ、煙管屋を開けば大繁昌《だいはんじょう》。才ばかりでなく、時運もお持ちでございます」

お菊が言葉を発するたびに、一番真新しそうな肘《ひじ》の内側の傷口がじゅくりじゅくりと蠢《うごめ》いている。

そのとき、己は、京伝は思い出す。

ももんじ屋のももんじは、たしかももんじいとの言葉からきたのではなかったか。そして、童の使うその言葉が意味するのは物の怪《もののけ》、すなわち妖怪で――。

「人魚の肉を避けるとは、此度《こたび》も運がお強うございましたね」

お菊の答えに深く息を吐き出すと、足と腰から力が抜ける。板間に尻をでんとつく無様な音が家内《いえうち》に響き渡った。

なんでもうまくこなせるのは、母親の腹の中にいた頃からであった。

普段はうんともすんとも動かぬが、誰かが腹を撫《な》でたときだけ腹内から蹴り返す愛嬌《あいきょう》よしで、お産でも一刻もかからず、つるりと母親の股から出てきたと聞く。

宝暦十一年、深川木場《ふかがわきば》の産湯《うぶゆ》をつかい、妹二人に弟一人も京伝を見習い安産で生まれた。父である伝左衛門《でんざえもん》は町屋敷の家主を生業《なりわい》とした。地主の持つ土地や屋敷の管理が専《もっぱ》らの仕事だが、その地主というのが両国橋《りょうごくばし》にて薬屋を営むあの虎屋《とらや》。間口十間以上の大店《おおだな》は客がいつでもひっきりなしというから、仕事がなくなる心配もない。

親に金子《きんす》があるから、飯は美味《うま》いし、学も受けられる。喧嘩の種など家のどこにも落ちておらず、水瓶《みずがめ》を持ち上げたって吝《けち》の一つも出てこない。これでは、親も張り合いがなかろうと京伝は遊里に通って散々遊んでみることにした。家には一月に五、六回しか帰らぬようになって、どうだい、これで立派な放蕩息子《ほうとうむすこ》だと胸を張ったのも束の間のこと、遊里で一緒に遊んだ御曹司らに気に入られ、遊里のかかりは全て相手持ち、お呼びのかかった遊びの会で三味《しゃみ》を鳴らして音曲を一つ聞かせてみせれば、やんややんやとかえって駄賃を貰ってしまう。

浮世絵は師に学び、北尾政演《せいさいまさのぶ》との画号で筆をとったが、二十一になる時分にはもう『菊寿草《きくじゅそう》』なる評判記の「絵師之部」で三番目に名前がある。そのことを共寝《ともね》をしている遊女から布団の中で聞かされて、京伝が煙管を吸い付けながら感じたことは、おっ、三番目、ではなく、ふうん、三番目。遊女が差し出してきた本を裏返せば、評者の名はかの狂歌師で有名な大田南畝《おおたなんぽ》。ぺらりと捲って、己が仕事で手掛けた黄表紙の挿画の評判を見てみると、褒めが二分でわる口八分。ほうほう、なるほどよござんす、と翌年書いたものが『御存商売物《ごぞんじのしょうばいもの》』である。挿画はもちろんのこと、少し前から始めていた中身の物語も京伝の手によるものだ。江戸に出回る本に人の如くに体を与えて着物を着せて、巷《ちまた》で流行りの黄表紙と洒落本組へ、少々廃《すた》れ気味の赤本と黒本組が牙を剝く。そういう滑稽《こっけい》味のあるお話はお好きであろう、そうであろうと仕掛けてみれば、案の定に南畝は大絶賛。評判記『岡目八目《おかめはちもく》』にて大上上吉を頂いて、京伝はふふん、と鼻で笑った。

それからというもの廓へ出かける前にちょろりと書いた戯作があたり、鼻を擤《か》むのに一枚多く引き抜いた余り紙に絵を描きつけた浮世絵が高値で売れる。江戸のお人らが楽しんでくれているなら良いなどと笑っていると、弟子入りを願う若者が大勢押しかけてきて、それで、ああ、皆それほどまでにこの山東京伝に入れ込んでいるのかい、と気づく始末だ。

中には酒一樽を抱えて家の前に立っていた若者もいた。弟子はとらぬ主義であったから断ったものの、几帳面《きちょうめん》な顔つきの割には話をさせればなかなかに面白い。家に上げて、飯を食わせると、引き結ばれた口元が嬉しそうにほんのり綻《ほころ》ぶのも、かわいらしかった。気安く話をしにきなさい、書いたものがあれば見てあげますと告げたのは、酒に酔ったゆえの言葉ではない。胡散臭《うさんくさ》げに様子をうかがっていた弟の京山《きょうざん》にも、今の男は才気があるから、また来たのなら居留守を使わず二階にあげるよう伝えたが、よもや家に住まわせるまでの仲になるとは思わなかった。あちらも恩義は感じているようで、京伝門人大栄山人《おおえさんじん》の名で本を刊行していたが、京伝は、今使っている曲亭馬琴《きょくていばきん》の名の方が響きが良いと思っていたりする。

お上《かみ》に睨《にら》まれお咎《とが》めを受けたときは流石《さすが》にがっくりとはきたものの、思い返してみればなにもかもがうまくゆく人生である。

家内は円満、仕事はひっきりなし、ついでに閨《ねや》の中でさえ。

女房を迎えて、その女房と布団を並べた初めての夜も、京伝にはなんの不安もなかった。

己はこれまで遊里を渡り歩いてきた人間であるし、くわえて相手は玄人《くろうと》ときた。一枚の布団の上で互いに引いては寄せての戯《ざ》れ事《ごと》も楽しめる一夜になろうと思いきや、目の前のお菊は正座をしたまままきゅうと唇を噛んでいる。

何をそんなに緊張しているんだね、と京伝は固く握り締められている女房の拳を手に取った。安心おしよ。私とお前の仲じゃあないか。そう言って手を撫でさすってやれば、お菊は一度深く息を吸い吐いてから、こちらを見つめて、

「人魚でございます」

「は」と、ぱかり開いた口から呆《ほう》けた声が転《まろ》び出た。だが、お菊は重ねて言ってくる。

「私の正体ですが、実は人魚なのでございます」

束の間考え、京伝は、ははん、と思った。俄茶番《にわかちゃばん》だね。廓の中で時折行われる素人芝居は、京伝も好きだ。己で演《や》るのは得意ではないが、ここは一丁顔を作って、

「なんとそいつは気づかなんだ。しかし、巷《ちまた》の人魚といったら、猿と鮭をくっつけた如何様《いかさま》物。

誠かどうか確かめてみてもよいかね」

つるりとお菊の膝頭《ひざがしら》あたりを撫でたが、

「まあ、そのお顔は信じておられませんね」

眉根に皺《しわ》を寄せてくるので、拍子が抜けた。慣れない芝居をしたのが恥ずかしく、くわえて初夜とは思えぬ事の運びに唇だって尖ってくる。

「いきなり何を馬鹿なことを言ってくるんだい、お前は冗談が好きな性分でもないだろう」

お菊の人となりはよく知っている。なぜならお菊は、京伝が通っていた遊女屋から貰い受けた馴染みの女郎であるからだ。

扇屋の番頭新造であった菊園《きくぞの》との出会いは、京伝が二十六のとき。それから四年通い詰め、菊園の年季が明けた際に、お菊と名前を変えさせ妻に娶《めと》った。

目の覚めるような美人ではない。愛嬌はあるが目鼻は小粒で、上吉とつけたがやはり上は抜いておきましょう、などと菊園の顔貌《かおかたち》を評した遊女評判記、吉原細見を刷った板元とは袂《たもと》を分かつことも考えるほどには惚れ込んでいた。艶本《えんぽん》『ゆめはんじ』では、菊園と枕を並べた次の日にうきうき筆をとってしまったものだから、菊花に菊花紋様、菊寿との言葉を絵中に書き散らしてしまい、板元に眉をひそめられたものである。

そんな付き合いの長い女郎だからこそ、お菊が両手を乗せている膝の上、右の指先で左の爪をしきりに引っ掻くその癖で、お菊が真実《まこと》を言っているのだとわかってしまう。

「あなたに妻に迎えていただいたことはとてもありがたく、嬉しく思っております。一生このご恩は忘れない。だからこそ、ここで申し上げておくべきだと思ったのです」

「でもお前、申し上げておくべきと言ったってね……」

「陸《おか》に上がって早十二年。今はすっかり人間の姿形に馴染んでおりますが、元は海に住む生き物。腹から下は魚のものでございました」

真面目腐ったお菊の応《こた》えに京伝は、拗《す》ねるのを越えて心配になってきた。

「どこか頭を打ったんじゃなかろうね。嫁入りがそんなに嫌だっていうんなら、時を置くという手もあるよ」

「童子《わらし》に言い聞かせるようにおっしゃるのはおやめくださいまし」

お菊はぴしゃりと手を叩くような物言いをするが、その中身は到底信じられるものではない。笑えばいいのか、怒ればいいのか迷って口端を上げ下げしている内に、よござんす。お菊が膝をぴちりと合わせ、真っ直ぐにこちらを見つめている。

「女郎の誠は、四角の卵のようなもの。信じられぬのも無理はござんせん。ならば、証立《あかし》ても女郎の習いで、小指を切って差し上げるしかなさそうで」

傷ひとつない右手にはいつの間にやら包丁が握られていて、これまた傷ひとつない左手が畳の上をするりと滑り、

「いや、待て——」

京伝が止める間もなくざくり、といった。

血が吹き出す。畳のい草が数本へばり付いた小指の先がころり、と転がった。が、

「……そういえば、無理でありんした」

お菊の小指はすでににょっきり生えていた。

「人魚の肉は不老不死。切っても抉ってもすぐに生えてくるのでありました」

よく見れば血は猫の鼻血の如くに微量で、てんてん畳に垂れたのみ。落ちた小指を摘み上げ、恥ずかしそうに手のひらの内に隠すのが、なんとも間抜けだ。

ふすりと京伝の口端から息が漏れた。つられてお菊もくすくすと笑う。夫婦共々口を開け、声に出して大笑いをした。

なにもかもがうまくゆく人生である。だからこそ、これくらいの刺激があって、良いのかもしれない。

　身はかろく　持つこそよけれ　軽業《かるわざ》の　綱の上なる　人の世わたり

軽業師の綱渡りの如くに世間を渡るには、できるだけ身は軽い方が良いと己は狂歌に詠んだけれども、己の身はちいと軽すぎる。

人魚の一人くらい背負っていた方が、綱に足が吸い付くのではなかろうか。

黄表紙『明矣七変目景清《あくしちへんめかげきよ》』では、物語の中の人物に「此草双紙を扇屋の片歌さんや菊園さんに見せとふざんすよ」と言わせてお菊の名前を出した。こちらも黄表紙『世上洒落見絵図《よのなかしゃれけんのえず》』では、作中の京伝の書斎に「菊亭」とお菊の名前を冠した額を掲げた。惚気《のろけ》だ云々《うんぬん》言われようとも、己は惚れた相手の名前を出さずにはいられない。もちろん、お菊が人魚であることも、人にばれてはいけないと分かっちゃいるが、書いてみたい。しかし、お菊は畳をぺしりと一叩き。そう、なんでもかんでも御作にされては困ります。人魚の世界にもしきたりというものがございます。窘《たしな》めてくるお菊をそれじゃあ、と目の前に座らせた。お菊は今から自分の来《こ》し方を語っておくれ、私がそれを聞いて話の筋を拵《こしら》えていこう。人魚のしきたりに障《さわ》るようなら、その場で口を挟んでくれればいいからね。

京伝の前では一応しぶって見せるが、お菊は物語に自分が出てくると嬉しそうにする。今だって「生まれは江戸の内海《うちうみ》でございます」と語り始めたお菊の口端は綻んでいて、「その沖で人魚の父母に育てられました」とするする続ける。

「それなら舞台は波間の下の竜宮の世界にしよう」言いながら、京伝は手帖に筆を走らせる。

「人魚は浦島太郎《うらしまたろう》と鯉《こい》の間《あい》の子だ。ほら、巷じゃ利根川《とねがわ》の鯉が名物だからね。浦島太郎は乙姫《おとひめ》様の情夫《いろ》だが、鯉の遊女、お鯉《り》のにぞっこん惚れている。不義密通から生まれた人魚の子の容子《ようす》はそうだね、頭は人間、体は魚にするのはどうだと思う？」

「私は臍《へそ》から上が人間、臍から下が魚でありますが、あなたのお話なんですから、それでよいのではないですか。ええ、私は思いのままに人魚の体に戻ることができますが、……いやですわ、お見せするなんてお恥ずかしい。あなたが頭の中に思い浮かべたままを描きなさいませ」

「だが、乙姫様に内緒の恋路の果てだ。哀れ、人魚の子は浦島太郎に品川《しながわ》沖に捨てられる」

「非道《ひど》いこと。私は父母に大事に育ててもらいましたのに」

「大丈夫さ、すぐに優しい男と出会わせてあげよう。名前を神田八丁堀《かんだはっちょうぼり》の平次《へいじ》。この漁師が釣船に乗って沖へ出て、娘盛りにまで育った美人の人魚を釣り上げる」

「お口に針が刺さるだなんてお可哀想に。私は己の力で陸に上がりました。なぜって、まあ、京伝様。己が胸に手を当ててくださいませ。家康《いえやす》公のお触れか何かは知りませんが、人間が江戸の入江を埋め立てるから、私たち人魚は海がなくなると震えて陸に上がったのではないですか。でも、そのおかげで私は遊女となって京伝様に出会うのですから、堪忍しましょう。ああ、その頃のことが懐かしい。私ったら京伝様を一目見るなり岡惚れで」

「私こそお前に岡惚れだったとも。だから平次と人魚も互いに相惚れだ。平次は人魚を家に連れ帰って女房にする。人魚を見せ物にしようとする輩《やから》に大金を積まれても、平次はぴしゃりと追い払うのさ。家内では手が不自由な人魚のために、平次が箸で赤ぼうふらを食べさせてあげるんだよ」

「いやだ、私、赤ぼうふらなんて、食べたことなどございません！」

「わかっているよ、お菊が好きなのは落雁《らくがん》、おこしだものね。人魚もそれが好物にしよう。しかし平次は貧乏で、それを購うのにも苦労する。けなげな人魚は遊女屋、舞鶴《まいづる》屋に身を売った。裲襠《うちかけ》を着込んで豪奢《ごうしゃ》に花魁《おいらん》道中だ」

「あら、その人魚は、私ら現《うつつ》の人魚と違って、人間の足を持たないのではありませんでしたか」

「道中の間、人魚の後ろに黒衣《くろこ》がいるんだよ。こいつが後ろから人魚の着物の褄《つま》を右手で取って動かして、左手で襟《えり》を直して人魚の鱗《うろこ》を隠す。人形遣いの呼び名は元々、この人魚遣いからきたもので」

「洒落ですか。へえ。女子《おなご》は笑わぬでしょうが、齢を重ねた殿方らは笑うのではありませんか」

「甘いね、お菊。洒落ってのは臭いくらいが丁度良いのさ。さて、花魁道中を終えた人魚だ。いざ客を取って床に入るが魚臭いとすぐに平次へ突き返される。いや、ちがうよ。お前との床で生臭いと感じたことはこれっぽっちもないからね」

「これで二人は幸せに暮らすのですね」

「いいや、まだまだ。平次に人魚を舐める店を開かせる。店名はそうだね、『寿命《じゅみょうの》薬《くすり》人魚御なめ所』だ。長生きを望む俗物たちが我も我もと押し寄せてきて、金子はどんどん積み上がる。ほら、人魚の肉は食べれば永遠の命を得られるとの言い伝えがあるじゃあないか。だからそいつをうまく使って、舐めれば若返るとの宣伝文句で売り出すんだよ」

「まあ、若返りまでご存じであったとは、さすが京伝様ですわ」

「え」と京伝は筆を止めた。紙面から顔を上げるとお菊が微笑《ほほえ》んでいる。

「お話の通りでございます。人魚を舐めれば人は若返る。これまでも私の肌を舐めた馴染みの客らは皆元気にならしゃった」

そういえば、と京伝は思い出す。遊女のお菊と共寝した日は一日、妙に体がよく動いていたような気がする。

「老いず死なずの体が欲しいのであれば、人魚の肉を食べる必要がありますが、今はさて置いて、京伝様、どうぞ続きを」

うながされ、京伝は口を開くがなにやら先ほどの若返りに不老不死のお話が、頭にちらついて離れない。打って変わってぽつりぽつりと筋を語り始める京伝だが、お菊の方は相も変わらず楽しそうに、口を挟みながら聞いている。

平次は人魚のおかげで金持ちになった。それを羨《うらや》んだ男たちが次々と人魚を口説きにやってくるが、人魚は貞女《ていじょ》だ。そんな誘いには乗らない。

「貞女はおかしゅうございます。人魚ですから貞魚《ていぎょ》になさいませ」

平次は暇さえあれば人魚を舐めて若返っていたので、ついには子どもになってしまった。困った平次ら夫婦の前に現れたのが、人魚の両親である浦島太郎とお鯉《り》のである。渡された玉手箱を開けて平次は程良い齢に若返る。さらに人魚は魚の部分が剝けて人間になり、

「あら、人間になってしまうのですか。人魚でも愛してほしいところではございますが、よしといたしましょう」

珍しい人魚の抜け殻を売って大儲《おおもう》け。人魚は不老不死、平次は年が寄りそうになると女房をまた舐めて若返り、二人はいつまでも幸せに暮らしました。

「ええ」とお菊は口端を上げる。

「いつまでも幸せに暮らしましょう」

書いた黄表紙は『箱入娘面屋人魚《はこいりむすめめんやにんぎょう》』との題名で寛政三年に売り出した。本はそれなりに売れたが、京伝とお菊はその結末通りにはゆかなかった。

寛政五年、年納めの煤《すす》払いをした頃から、お菊の体の調子は悪かった。

京伝の膳の用意はしても己はまったく飯に手をつけず、心配した京伝が一口でもと声をかけてようやく箸を手に取る。一月には茶飯、二月には鰆《さわら》のほぐし身、三月に芋の煮汁を数滴舐めてからは、枕が上がらぬ日々が続いた。

女房の看病に身を尽くしながら、京伝は心苦しかった。お菊の体調不良は、間違いなく己のせいである。

なにせ『箱入娘面屋人魚』を出版した年に、京伝はお上の禁令を破ったとして手鎖《てじょう》五十日の刑を受けたのだ。突然奉行所の人間が家に押し入ってきたときは、すわ、お菊の正体がばれたのかと焦ったが、その罪状は京伝の書いた『仕懸文庫《しかけぶんこ》』『娼妓絹籭《しょうぎきぬぶるい》』『錦之裏《にしきのうら》』この三作の洒落本が遊女放埒《ほうらつ》の体を綴《つづ》って出版されたこと、つまりいかがわしく淫《みだ》らな悪所である遊里を露わに書き記した本を出版したことが町奉行に咎められたのだという。これを聞いて、京伝はびびり上がった。好色本の出版を禁ずる御触れは、もう随分前から言い渡されていた。だからこそ、京伝と出版本の板元、蔦屋重三郎《つたやじゅうざぶろう》は散々策を講じてきたつもりである。御触れの通り、出版前に地元問屋の改めも受けたし、物語に出てくる人名を、浄瑠璃や歌舞伎芝居で知られた古人の名前にすることで、教訓めいた内容に変えた。だと言うのに、京伝は手鎖をしたまま自宅預かり五十日、蔦重は財産を半分没収、地元問屋は住居を追い出される所払い、はては父親である伝左衛門にまで急度《きっと》叱りの叱責が与えられた。

やはり己は同業者への見せしめとして担ぎ出されたに違いない。手元で鈍く光る手鎖に目を落として、京伝は腹底からのため息を吐く。ほら見ろ、蔦重、だから私は筆を折りたいと言ったのに。

京伝が手鎖を受ける二年前にも、京伝が挿画を描いた『黒白水鏡《こくびゃくみずかがみ》』が江戸城内の刃傷沙汰《にんじょうざた》を題にしたとかで咎めを受けたあたりから、なんとも嫌な予感はしていたのだ。たまらず蔦重に戯作の執筆を辞めたいと持ちかければ、蔦重は京伝の肩を撫でさすり、ええ、ええ、分かっておりますとも。執筆は大変お辛い仕事だ、ちょっと考えてみましょう、とその場ではこちらの肩を持っておきながら、『箱入娘面屋人魚』の冒頭で、板元の口上なる枠を勝手に用意し、こんなことを書いてくる。

作者京伝が申すことには、戯作に月日と筆紙を費やすことは「無益の事」に「たわけのいたり」。深くこの戯作執筆を恥じて、当年より決して戯作の筆をとりません。そう私に言ってきたものですから、私がこれをお止めしたところ、京伝は私の頼みゆえ応じないわけにもいかず、決意を曲げてくださいました——。

京伝は憤慨した。決意を曲げたなどと書かれちゃ困る。読者も期待するからさっぱり辞められなくなってしまうじゃないか。

しかし期待どころか、手鎖を受けたことでかえって世間に京伝の名が知れ渡った。これには蔦重万々歳で、以前にも増して仕事を持ってくる。京伝は毎日てんてこ舞いで、そんな己の世話を色々と焼いてくれたのがお菊であった。

心労をかけたであろう。執筆から離れんがために開くと決めた煙管屋の開店準備でも慣れぬ仕事を強いたであろうし、執筆が進まぬからと馬琴を居候《いそうろう》させて手伝ってもらったのも、同居する女房として良い気持ちはしなかったはずだ。

京伝はこれまでの己の稚気《ちき》を恥じた。そして、お菊のためにほうぼう手を回そうと心に決めた。が、しかし人魚の体相手に何をどうしてやればいいのかがとんと分からない。

そもそも不老不死であるというのに、こうして病《やまい》に罹《かか》っていること自体がおかしくはないか。そうお菊に問えば、お菊は今日まで病に罹ったことなど一度も無かったのだと言う。それはお菊の体が強かっただけか、それとも人魚の体質ゆえか。調べようにも、陸に上がった人魚らの消息を知る術《すべ》はない。

例がないから、薬を飲ませるのにも躊躇《ちゅうちょ》する。しかし、お菊は布団の中で腹を抱えてのたうち回る。医者に見せても良いかと聞くと、こっくり頷《うなず》くので、その日のうちに江戸中に飛脚を走らせ呼び寄せた。お菊の体をみた医者は皆一様に首を捻《ひね》りはするものの、体に詰まっている腑は、ほとんど人間と同じもののようであった。見立ては血塊。腹に血の塊ができていて、膨らんだそれが体に流れる血を止め、悪さを働いているのだという。差し出してくる薬は全て購った。だが、お菊は日に日に痩せ細る。夜が来るたび腑が逃げ出しているのかと思うほど薄く小さくなっていく。だが、肌だけは艶々としていた。ぬめりを帯びているようにも見える。水か、とお菊の看病と執筆でぽやぽやの頭で京伝は考えついた。そうだ、水だ。水が良い。私はそう聞いたじゃないか！

すぐさま江戸湊《えどみなと》へ人を行かせた。汲み上げた潮水を茶碗に注ぎ、お菊の枕元に次々と並べていると、なんですそれは、とお菊が枕から頭を上げて、一時痛みを忘れたかのような不思議そうな顔をしている。なんだね、そんな顔をして。潮の匂いを嗅ぐと元気が出ると、お前はそう言っていたじゃないか、とそこまで言って、京伝はあっと思い出す。訝《いぶか》しげなお菊に、おずおず切り出す。間違えた。……そいつは私の書いた本の世界でのお話だったよ。

お菊はきょとんとし、それからぷうと吹き出した。嗄《か》れていて喉はひゅうひゅうと鳴っていたけれど、京伝は久しぶりにお菊の笑い声を耳にした。

「心配されませぬよう」

真黒の血がこびりついている唇をこじ開けて、お菊は言う。

「私は人魚。不老不死ですもの。たとい死んでも、すぐに生き返りますわ」

お菊は微笑んで、次の日に死んだ。

気落ちはしたが、京伝は涙を流さなかった。心配されませぬよう。お菊の声が耳奥に聞こえて、涙を吸わせるはずの袖口《そでぐち》を思い切り捲り上げる。たとい死んでも、すぐに生き返りますわ。ならば、己にはこれからやることがたんとある。

葬儀の支度から僧侶の手配を一人で捌き切り、弔問客《ちょうもんきゃく》へは一芝居。野辺送りはどうか二人っきりでさせておくんな。ここにきてまたぞろ得意でない俄芝居を披露する羽目になるとは思わなかったが、京伝の泣き芝居は客にだけでなく、父母にも効いたのは儲け物。涙を目端に引っかけて頼めば、執筆以外の仕事を預かってくれると言う。下働きの女中らにも理由を云々つけて直ちに暇をやった。すぐさま隠しておいたお菊の体を土蔵に移す。お菊の体からは少しばかり饐《す》えた匂いがした。季節はすっかり秋だが、日によっては未だ蟬《せみ》が鳴く。急いで塩を大量に購った。手本は干物だ。お菊の体に塩を塗りこんでいると、思わず力が入って尻に痣《あざ》が残ってしまった。息を吹き返した際に叱られるであろうなと微笑む元気がこの頃にはあった。だが、十日たってもお菊の体は指先一つ動かない。塩が悪いのではと考えた。手本にすべきは、杏《あんず》の砂糖漬けであったか。分からぬ。分からぬなら、両方塗っておけばいい。お菊の体に砂糖を塗りたくっているときに、ここでようやく勘づいた。

もしや嘘であったのでは。

お菊の生き返る云々はもしや、現と物語を混ぜこぜにするほど混乱し始めた己を落ち着かせるためのお菊のとっさの方便だったのでは。

いや待てしかし、あの時のお菊の声は至極真剣で、と思い出そうにもお菊の声がもう頭に残っていない。

脳みそに水が打たれたように頭がはっきりしてくると、途方に暮れた。

生き返らないのであれば、早く捨てねばならない。お菊の体が、いやお菊の屍体が見つかれば、手鎖どころの騒ぎではなくなる。土に埋めてやるのがいいのであろうか、海に帰してやるのがいいのだろうかと三日三晩悩み抜き、生まれの江戸の内海へ帰してやろうと決めたその朝に、土蔵を何度も叩く音で目が覚めた。

急ぎ鉄扉を押し開けると、待ち構えていたかのように、屍体を乗せていた莚《ござ》の上に、人影がちょこなん膝を揃えて座っている。

「お菊、お菊だね……お前やっぱり生き返ったのだね」

喉から声を絞り上げると、臍から砂糖を掻き出そうとして俯《うつむ》いていたお菊の顔が上がった。裸でも恥ずかしそうにしないのは、遊女のときの名残であろうか、それとも海にいたときの名残であろうか。

お菊が死んでから丁度一月。こうして動いているお菊を目の当《ま》たりにすると鼻の奥がつんとする。喉仏《のどぼとけ》で嗚咽《おえつ》をすりつぶすぐらいには、京伝は感極まっているというのに、

「ひどいではないですか」

お菊は恨みがましげな目を向けてくる。目玉の白いところが少し濁っている。

「もっと体は大事に扱ってくださいませんと」

そう言ってぶすくれる鼻面に小蠅《こばえ》が止まる。脇腹のあたりの肌色が、こびりつく砂糖を透かしてもどす黒く、そして少々ぶよぶよとしているのは、体に塩を塗りこんだときから気づいていた。だが、京伝は気にしちゃいなかった。なぜなら、

「お前は人魚なのだろう。腐ってももう一度元の体に戻せばいいじゃないか」

そう信じ込んでいたからだ。だが、お菊は呆れたように首を横に振る。

「そんなことできやしません。一度腐ってしまったら、無理でございます」

そういうものなのか。それならもっとうまいこと保管しておくべきであったか。人魚の体ゆえか腐敗の進みは遅いようだが、それでも色の違う部分はちらほらあって、その部分の肉表は柔らかくなっている。しかし、お菊のぷりぷり怒っている様は生前、京伝が飯も食わずに筆をとっているときの怒り方と変わっておらず、京伝は思わず笑ってしまった。

良かった、と足の覚束《おぼつか》ないお菊の手をとってやりながら、京伝は思った。

これで以前の暮らしも戻ってこよう。流石にお菊はそう頻々《ひんぴん》には家の外に出してやれないが、用事があるというなら笠でも被らせればいい。顔を見られたところで、お菊が死んだのは周知のことだ。他人の空似で済むはずである。

良かった、本当に良かったと、そのときは間違いなくそう思ったはずなのに、しかし京伝は今、己に問わずにはいられない。

本当に良かったのであろうか。

はじめは、お菊の生前と違うところがやけに目につくようになったことである。

あんなにも身だしなみに気をつけていたお菊の肩に、やたらと雲脂《ふけ》が落ちている。お菊が板間に座る音がなんだか耳に障って仕方がない。畳がいやに張り替えられている。

京伝は怖くなった。以前はそんなこと思いもしなかった。人魚と聞かされたところで姿形は人間と同じだ。人魚であることを特別意識したりはしない。しかし、死んで生き返ったお菊は、もう人魚のお菊ではない。もう己の女房だったお菊でない。

元の姿に戻ってほしい。京伝はそう思った。一度思えば、居ても立っても居られぬようになって、馴染みの貸本屋に駆けこみ、手当たり次第に死に戻りについて書かれていそうな書物を調べてみる。すると、城の庭で飼っていた猫が死んだのに動いただったり、信長公が延暦寺に攻め込んだ際に僧侶が生き返っただったりの眉唾の話は集まった。ただその顚末はどこにも書かれていない。

家に帰って京伝は気づく。お菊の肩にてんてん散っている雲脂と思われたものは、砂糖である。お菊の尻が板間に置かれると、とん、ではなく、ぺしゃりと柔らかい肉の音がする。畳がしょっちゅう張り替えられているのは、お菊が歩くそばから何やらわからぬ汁がお菊の足を伝って滴るからだ。

気がつけば、京伝は遊郭の大門をくぐっていた。

急くようにして女郎を購い、女郎の肌に触れた途端、京伝の目からは涙があふれた。乳も吸わず、ほとを撫でることもない。ただひたすらに女郎の体を両手で触れながら、その肌の弾力に赤《あか》子《ご》の如くえんえんと泣いた。女郎は京伝の様子に戸惑っていたが、何も言わずそっと抱き返してくれた。女郎の名前は玉《たま》の井《い》といった。

次の日のことだ。明朝家に帰ってきた京伝を、お菊が膝を揃えて待っていた。その膝先には膳に載った料理が二碗。朝餉を用意してくれていたようだが、ぴんと背筋を伸ばしたその姿が、土蔵の中で京伝を待っていた姿と似ていると思ったが最後、不気味にしか感じない。一口、二口ばかり腹に収めて、眠くなったとでも言えばいいだろう。早く部屋に戻りたい一心で、手近な方の碗を引き寄せる。中身を箸で摘み上げ、口に運ぼうとしたその瞬間、

「どちらかに人魚の肉を入れました」

摘んだ具が畳に落ちる。京伝はお菊を見上げる。

「……なんだって?」

「どちらかの碗に人魚の肉を具として入れたと、そう申し上げました」

畳の上に転がっている塊がもぞりと動いたかのように見えて、ひっと息を呑んだ。目を擦ってもう一度見やる。見間違いだ。無理やりに塊を目端から外し、努めて穏やかに話しかける。

「どうしてそんなことをするのだね」

お菊は答えない。

「そんなもの、私は食べられないよ」

「なぜでございます」

次は京伝が答えられない。代わりに京伝は笑みをこさえる。

「嘘であろう？」

素《す》っ頓狂《とんきょう》になる紙一重の大声でそう問いかけたのが、皮切りだった。

「遊郭へ行ったのは謝るよ。ちょっと息抜きをしたくなっただけなんだ。ほら、お前を元に戻そうとして根を詰めていたからね。それに重ねて執筆だろう。最近蔦重が五月蠅《うるさ》いのなんの」

筆も口も走るのはよくないと分かっている。だが、舌は油を塗られたように止まらない。

「そもそも人魚の肉を入れたというがね、それはどこにいけば購えるんだね。ももんじ屋にでも売っているのかね」

「嘘ではないと、証立てをしたいところではございますが、」

差し込まれた声に顔を上げれば、お菊と目が合う。その目の中に光がない。白く濁っている。そして、前よりも随分とろみを増している。

「もう小指は切って差し上げられないのです」

目の前でお菊は帯を解いて、着物の合わせを広げる。

お菊の体は腐っていた。

右の脇腹、右の肩口、左の乳房の肌は緑に黒に桃色にと顔料《がんりょう》を散らしたように色を変え、その彩り豊かな黴《かび》から生えた白毛がそよいでいる。お菊は肩口の肉を指で抉って、碗の中へ落とす。肩口に抉られた形のままの穴が空いている。以前の小指のように生えてきたりはしない。傷口がじゅくりじゅくりと蠢いている。

京伝はその場で四つん這《ば》いになり、胃の腑に入っていたものを全て吐き出した。それを吐いたそばから手拭いで拭っていきながら、

「『箱入娘面屋人魚』」お菊はぽつりと本の題を口から溢す。

「あの本の平次と人魚は、いつまでも二人幸せに暮らしたのではなかったのですか」

「あ、あれはお前ではないのだよ、私は戯作の中に己を写すような書き方はしない」

胃汁で焼けた喉を必死に絞り上げながら声を上げると、お菊はふっと口端を歪める。

「よくもそんな大嘘がつけるものですわ。『人間一生胸算用《にんげんいっしょうむなざんよう》』では京伝との名の人物が登場しますし、『京伝憂世之酔醒《きょうでんうきよのえいさめ》』ではお名前が御作の題に入り込んでいるではありませんか」

京伝の書いた戯作の名前がするりと出てくるその唇を震わせて、お菊は言う。

「二人で幸せになることを望んで、あなたは人魚のお話を書いたのではなかったのですか」

それからというもの、お菊は夕餉時に京伝に人魚の肉当てを挑ませるようになった。

だが、京伝だって拒否をする。家に帰らぬようにもなる。しかし、お菊は待っている。いつ何時戸を開けても、上がり框《かまち》で膝頭《ひざがしら》をぴちりと合わせている。その執念が恐ろしい。無理やりに食わせてくる可能性だってある。相手は異形だ。何をしてくるか分かったもんじゃない。それならまだ、お菊が仕掛けてくる肉当てに挑んだほうがよい。実際お菊は京伝が肉当てを受けている間は、京伝に人魚の肉を無理に食べさせるような真似はしなかった。必ず碗を二つ用意し、必ず京伝に選ばせた。ただ、勝負の後に京伝が残した碗をじいっと見下ろすだけだ。

京伝もふと、今宵選ばなかった方の碗を見下ろしてみた。甘露煮は汁が固まり始めていて、お菊の目玉のとろみを思い出させる。

お菊はいつも通り碗をそのままにして、寝所へと引っ込んでいる。京伝はお菊の料簡がとんと分からない。

どうしてああも京伝に永遠の命を与えようとする。そんなにも京伝を道連れにしたいのか。そもそもあの肉は喰ってもよいのか。あれだけ腐っているのだ、永遠の命を得るどころかそのままお陀仏なんてことにはなりやしないだろうね。

京伝は畳に染み入るほどの深いため息を吐く。

すべては、あんなものを書いてしまったせいだ。

「『箱入娘面屋人魚』」

お菊と同じように、ぽつりと本の題を口から溢す。

あれは黄表紙だ。真面目を恥じて洒落と風刺に力を注ぐのが一等大事なのだから、平次と人魚の終わりはめでたしめでたしで正しい。

しかし、あれから黄表紙の枠を外すとなると、どうなるであろうか。

平次は、老いが来ず姿形も変わらない人魚に飽きることはなかったのだろうか。

平次は、人魚を舐めては若返る永遠の生を倦《う》むことはなかったのだろうか。

――あの続きを書くとしたら、己は一体どんな物語にするのだろうか。

知らず手前勝手に動いていた指が碗に当たって、京伝は我に帰った。慌てて碗を引っ掴み、畳に汁が溢れていないか、覗き込む。すると、碗の中、甘露煮の張った脂の膜にてんてん何か白いものが浮かんでいる。

京伝はぞっとした。勝負と言っておきながら、やはりお菊は何かを料理に混ぜ込んでいたに違いない。冷や汗がどっと吹き出たが、いや待て、己は勝負前いやというほど碗をたしかめた。ということは、こいつは勝負の後に碗の中へ落ちたもの。ひい、ふう息を整えてから落ち着いて見てみれば、何のことはない、ただの白粉《おしろい》である。しかし、と京伝は生前のお菊を思い出す。遊女時代に散々肌をいじめ抜いたからであろうか、嫁いでからのお菊は白粉をとことん嫌っていた。それがこうして料理に落ちるほどの塗りたくり様《よう》。まるでお人が変わったようで、まさか頭の中も腐り始めたんじゃなかろうね。そんなら、そのまま私のことも忘れてくれていい……。そんなことを考えながら、お菊が留守にする日を狙って、お菊の部屋の鏡台を調べてみた。黒漆塗りの抽斗《ひきだし》を一息に引き出せば、やはり白粉が並んでいた。だが、その数があまりに多すぎる。陶製の器は蚤《のみ》さえ忍び込む隙がないほどにぴっちりと敷き詰められており、そのどれもに使われた形跡がある。とりわけ色の濃いものは嵩《かさ》の減りが大きいようだ。

そういえば、と京伝は思い出す。あの日、甘露煮に入れるため肉を抉り出したお菊の腕は真《ま》っ白《ちろ》かった。勝負を始めた頃のお菊の体は、緑に黒に桃色にと色とりどりに変わっていたというのに――。

と、ここで家表で誰かが訪《おとな》いを告げる声が耳に入って、京伝は慌てて白粉を抽斗に仕舞い込む。恐る恐る戸の隙間から覗いてみれば、大家が顰《しか》めっ面《つら》で立っている。

「芥溜《ごみため》が臭うんですよ」

挨拶もそこそこに寄越された大家の言葉に京伝は寸の間ぽかんと口を開け、それから童子のように聞き返す。

「芥溜、ですか」

家内から出たごみは町内の決められた箇所に寄せておき、町ごとに管理するよう御触れが出ているのは知っている。だが、そういった町の定まり事の云々は生前はお菊に任せていたし、死に戻ってからも正体がばれぬ程度にお菊がこなしてくれていた。それになんぞ問題があったのか。

「天下の戯作者先生の頭を回すには、そりゃあ格別滋養が必要でしょうけどもね」

首を傾げてみせると、大家は自身の眉間にもう一本皺を拵える。

「薬もあんまり食いすぎちゃあ、体に障りますよ」

薬食い。ももんじ肉を腹に入れることである。そもそも江戸では仏の教えから畜生の肉を口にすることは禁忌とされていた。しかしこの畜生ったら体にいい上、めっぽううまい。そのため江戸の人間は己の体で具合が悪いところを無理やり見つけては、薬と称してももんじ肉に舌鼓を打っているわけだ。噂ではお上も召し上がっているとの話であるから、大家なんぞに咎められる筋合いはないが、大家はそのももんじ肉を食った後の、残る骨が問題なのだと言う。

「京伝先生の家から出るごみの臭いが強いもんだから、芥溜に犬猫が集まってくるんですよ。どぶ浚《さら》いに糞《くそ》拾いの仕事が上乗せされたと町の者が皆かんかんで」

なるほど。それは間違いなく京伝の、いやお菊のせいだが、

「それは申し訳ないことをいたしました」とここは素直に頭を下げておく。こういうときの顔作りは板元にいつも見せているから得手《えて》である。案の定、京伝の顔に騙されたらしい大家は気を良くし、こいつはいらぬ節介かもしれませんが、と言葉を重ねてくる。

「肉は食える分だけを購うべきですよ」

叱られたその内容に心当たりがない。「はあ」と作っていた顔も思わず歪んだが、大家は構わず続ける。

「今更仏様がなんだという気はありませんがね。でも腹にも入れずに腐らせちまうのはどうかと思いますよ」

「一体何のお話です」

「芥溜だけでなく先生のお宅からも臭いがすると言っているんです。気のせいじゃありませんよ。あたしのところに訴えてきたご近所さんは一人や二人じゃない。ねえ京伝先生、もしやとは思いますがあなた、家内にごみを溜め込んでそのまま放っぽっているわけじゃないでしょうね」

玄関の戸を閉めるなり家の中を探ってみれば、大家の言っていた通りに、ももんじと思われる肉が台所の桶に溜め込まれていた。色の変わった山盛りの肉片に胡麻《ごま》粒ほどの黒がてんてん、蠅が喜び狂って肉に自ら埋まりにいくほどの腐臭である。いくら夕餉時以外は家におらぬようにしていたとはいえ、これに気づかなかった己の鼻が心配になってくる。それにしてもお菊は一体何を目論んでいるのだろうか。鼻を摘んで近づいてみれば、桶横に畳んで置かれている着物に気がついた。お菊の着物だ。得体のしれない汁染みまみれの小袖を持ち上げおずおず顔を寄せた途端、目と鼻の奥がぎりりと痛んで、ああ、そうか。京伝はとんと腹落ちする。

臭いのだ。お菊が身につけていたであろうその着物が、お菊がよみがえった当初とは比べ物にならぬほど。

お菊は己の体から発する臭いを少しでも誤魔化そうとして、ももんじ肉を腐らせていたのではなかろうか。京伝の鼻をできるだけ馬鹿にしようとしていたのではなかろうか。

桶を嗅いでは着物に鼻を寄せ、臭い比べをしているお菊の姿が浮かんで消える。いくつもの匂い袋がまとめて捨てられているのに目をやりながら、京伝は思いを馳せる。

死に戻ってきてから今日までお菊はどんな心持ちであったのだろう。

体に白粉を購っては塗りたくり、ももんじ肉で京伝の鼻を誤魔化して、腐っていく己の体に慄《おのの》きながら、京伝の帰りを待つその時間はどんなにか孤独であったろう。

だが、お菊は決して京伝に己と同じになることを強いたりはしなかった。肉当て勝負は仕掛けちゃきたが、あれは二人一緒に添い遂げると戯作の中の京伝には言わせておきながら、現では反《ほ》故《ご》にした京伝への精一杯の物言いであったのかもしれない。お菊は必ず二碗を用意した。そして必ず京伝に選ばせた。己の体が日毎《ひごと》、どんなに腐って柔らかくなっていこうとも。

負けたよ、お菊。

京伝は手元の小袖を撫でながらふふ、と笑う。負けだ負けだ根負けだ。そうまで熱くて粘り気のある心根をぶつけられては、お前と一緒になるほかないじゃないか。

もちろん永遠の命を得ることへの怖気《おぞけ》はそう簡単に消えはしないが、大丈夫。

どうせ己は何をしたってうまくゆく。

生業にしている戯作書きだって、お上に睨まれている今、無理に筆を動かして本を出す必要がどこにある。馬琴と初めて出会ったときも、京伝はこう馬琴に告げていた。

「草ぞうしの作は、世をわたる家業ありて、かたはらのなぐさみにすべき物なり」

永遠の命を得、気乗りがするときだけ戯作を書いて、それでゆっくりお菊を元の体に戻す術を探していく生き方も良いのかも知れない。


そんなことを考えながら夕餉になるまでゆるりとお菊の帰りを待っていたものだから、お菊は料理を並べている間もこちらへしきりに訝しげな視線を寄越してきた。

そりゃそうだよね、昨日までの私はお前の目やにでさえ、怖くて仕方なかったもの。

しかし今日の京伝は、置かれた二つの丼鉢と膝をぴちりのお菊を前にして、口端を緩ませる。

「今宵はどちらに入れているんだい」

問う声も自然と柔らかくなる。

「さあ、どちらでございましょう」

挑むように言ってくるお菊の声の、その固いところを今日は可愛らしく思う。

「教えてくれなきゃ困るよ。今日はお前の肉の方をいただこうと思っているんだから」

「は」とぱかりと開いた口に、思わず声を上げて笑ってしまった。

「お前も感じているだろうが、近頃私はまったく書きものに身が入っていなくてね」

もともとあの日くらった手鎖の冷たさに執筆の熱は落ちてはいたが、苦しむお菊の看病で熱は冷め切った。今は物語の種を拾う気さえ起こらない。おそらく今年は一作も出せぬままで正月を迎えるだろう。

「でも、今はそんなでも、いつの日かまた筆をとりたくなる日が来るはずさ。だからお前の肉を口にして永遠の命を手に入れて、それで私の気の向くままに戯作を続けていくのも悪くないだろうとそう思ったのだよ。平次と人魚を手本にしてね、お前と二人、めでたしめでたしで終わるのも悪くない」

お菊は微塵も動かずに京伝の言うことを聞いていたが、京伝が言い終えるなり一つため息を吐いた。それから、京伝様、とまるで手習い子を諭すような物言いをする。

「私を、筆を持たぬ理由にするのはおやめくださいませ」

京伝はむっとする。人から人魚へ変ずることに覚悟が要らぬはずがない。尾が生えてくるやもと思うと己の足が名残惜しく、絵に写したりもした。軽んじられては怒りもする。

「違うよ、私は腹の底からお前と生きようとだね」

「あなたが執筆のたびに苦しんでおられるのは存じております。それもこれも良きものを世に出したいと願うがゆえ。名にし負う天下の戯作者、山東京伝であっても、新作が出る前日には普段は嗜まれぬ酒を口に含み、豆腐売りが豆腐を売るついでに寄越してくる世間話に己の名前が上がらぬだけで、ご気分が奈落の底まで落ちることを知っております。しかし、その執筆のために命を延ばすのはおやめなさいませ。命に限りがあるからこそ、今己の持っている全てを書き物にぶちまけられるのではありませんか。命に限りがあるからこそ、今を生きるお人らが喜ぶものが書けるのではありませんか」

京伝は鼻を鳴らした。知ったような口を利く。鼻の穴を膨らませたまま口を差し込もうとしたところで、

「と、まあ、これが戯作者の女房のつかう建前というものでございます」

京伝はお菊を見る。お菊の目の白いところに、行燈《あんどん》の光が映って揺れている。

「こうして戯作者の女房として格好をつけてみせることもできますが、私の中でぴちりぴちりと跳ねる尾は、どんな理由でも良いからあなたを離すな、海の中へ引き摺り込めとそう訴えております。戯作者の女房の私と人魚の私ががっぷり四つに組んで押し合いへし合い、勝負がつかない。しかし、決まり手まで待ってはおられません」

お菊の目に映る行燈の火の揺らめきが、こうまでよく見えるのはなぜだろうと考えて気づく。

「私の体がいつ何時使えぬようになるか分からない」

前よりもお菊の目玉が飛び出ているからだ。

ですから、とお菊は箸をぱちりと畳に打ちつける。

「私とお前様で最後の一勝負とまいりましょう」

ずいと両手で碗を押し出す。

「ええ、ええ、これが最後。この勝負を終えましたら勝ち負けにかかわらず、金輪際持ちかけることはいたしません。そう構えずとも良いのです。勝負の中身はいつもと同じ」

右が納豆汁、左が煮転がし。

「さあ、どちらかをお選びくださいませ」

京伝は二つ並んだ器を見る。それから、顔を上げてお菊を見る。

どちらかではない。どちらにも人魚の腐った肉が入っている。

お菊の肉は腐敗が進み、臭いがもう隠せぬようになっているのだ。

しかし、京伝の鼻はその臭いの中に微かな白粉の香りを嗅ぎ分ける。白粉の香りが離れていかない。

たしかに京伝は人魚の肉を食べるのに執筆を表の理由にしたけれど、お菊を健気に思う気持ちはきちんとそこにあるのだ。

京伝はちょっと悩んで、悩むふりをして、

「こちらをいただこうかね」

煮転がしの碗を手に取った。覚悟を決めてはいても一寸ばかり体は震える。そのままぐいと口に持っていこうとした京伝の手首を、上からそっと押し留める手があった。

「あなたはお優しくって、ひどい方」

そう言って、お菊は唇を噛む。歯が唇を貫いているが、血はもう出ない。

「だから私はあなたに肉を食わせられない。あなたがもっと優しくあれば、私はあなたに許されることを信じて、肉を食わせられていたでしょうに。あなたがもっと優しくなければ、あなたに肉を食わせることになんの躊躇《ためら》いもなかったでしょうに」

歯の根も蕩《とろ》け始めているのか、唇の端から歯が一本ぽろりとこぼれ落ちる。畳に落ちたそれを見下ろしながら、お菊は言う。私だって恐ろしいのです。

「日に日に変わっていく己の体が。日に日に腐り落ちてゆく己の体が」

白粉の香りがつんと鼻奥に沁みた気がした。

安心おし。京伝はそう優しく告げて、湿りを帯びたお菊の手を両手で握る。

「お前の体は私が必ず治してみせようじゃないか」

すると、お菊は悲しそうな顔をした。今日までお菊と生きてきて、京伝が見る一等悲しそうな顔だった。

「腐った体のままでは愛でてくださいませんのね」

ぽつりと言って、お菊は京伝の手を握り返した。ぺちゃりと水気のある音がして、一瞬、京伝は手を引っ込めたが、お菊はそれを許さない。

「それならば、よう見てくださいまし。生前の私の綺麗な体を覚えていてほしいと、そんな産毛の抜けきらぬ生娘《きむすめ》のようなことを言うつもりはございません。今の体をようよう目に焼き付けておいてくださいまし」

お菊は片手でゆっくりと己の着物の合わせを広げる。京伝の手を握ったままのお菊の手に導かれるようにして、京伝ははだけた合わせの中に両手を差し入れる。

「真面目なお前様のことですもの。人魚の肉の感触に興味が湧いてたまらぬようになってしまえばいいのだわ」

お菊は京伝の人差し指を一本立ち上げる。そして、ずぶりと己の脇腹に差し込んだ。

「この感触が忘れられなくなってしまえばいいのだわ」

京伝の指が四方八方から温かな肉に包まれている。肉は生き物のように蠢いて、京伝の指をやわやわと食《は》んでいる。

なすがままの京伝にお菊が体を寄せると、人差し指がずぶずぶと深く差し込まれていく。京伝の耳元で声がする。

「どうか覚えておいてくださいまし。あたしがあなたの人差し指に潜んでいることを」

そして、命の限りお書きくださいませ。

そうお菊が告げた次の朝、お菊は家内のどこにも居なかった。そしていつまでも戻ってくることはなかった。

のちに京伝は後妻を娶った。遊郭へ逃げ込んだときに泣き喚く己を抱きしめてくれたあの遊女である。京伝に嫁ぐ際、玉の井は百合《ゆり》と名前を変えた。

京伝は書き物をやめなかった。洒落本は筆を折ったが、黄表紙は書き続け、読本、合巻といった領域にも取り組み、晩年には考証の研究に没頭した。すでに過去のものとなった文化、風俗を骨董と捉え、それらを調査、記録し世に広めることを意図とした『骨董集《こっとうしゅう》』は上中下からなる大作随筆である。

いつの日か、机に齧《かじ》り付いている京伝に、百合はなぜそんなものを調べるのかと聞いたことがある。

すると京伝はふっと笑《え》んで、答える。

「あれの体を治す術が、これでわかるかも知れないからね」

あれとは何のことを指すのか、百合には分からなかった。だが、あれと呼ぶ京伝の声の響きも、口に出すときの表情も百合には不快に思えたので、二度と聞くことはしなかった。

文化十三年、京伝は弟、京山の書斎新築の宴に出たその帰りに体調を崩し、次の日床で息を引き取った。五十六歳、頓死《とんし》であった。

宴に出る直前まで己の机で筆を動かしていたというが、机の上にあった紙束は何故か消えていた。

ある日、早朝に江戸の内海へと釣りに出た男が、海縁《うみべり》で裸の女を見たと噂になった。

辺りは未だ薄暗かったが、ぼんやりと浮き上がるその体の線から、女であると知れたのだという。女は海縁に腰掛けて紙束らしきものを持っており、それをしきりに撫でている。何をしているのかと問いかけても、撫でている。耳を澄ますと、女はどうやら紙束に話しかけている。

「ほら見たことですか。だから、命の限りお書きくださいとそう申しましたのに。書き上げられぬまま、私を残して死んでしまわれるなんて」

女の様子は気にはなったが、それよりも男は鼻を摘む。潮の匂いに混じって、何かがひどく腐っている臭いがする。目の奥まで痛んできて、思わず目蓋を閉じる。と、

「やっぱりあなたはお優しくって、ひどい方」

何かが海に飛び込む音が聞こえると、臭いも消えた。目を開けると、女の姿も消えていた。

『骨董集』は続編の出板《しゅっぱん》が予定されていた。上巻の巻末には「毎年二巻づつ追々発行すべし」との広告が記されていた。正確な年次と宛先は不明だが、『骨董集』続編のための教えを乞う京伝の書簡も残っている。

しかし、その稿《したがき》は未だ見つかっていない。

その稿の目次には、人魚の項目があったそうである。

ねむり猫——一八二六年、江戸城大奥

澤田瞳子

澤田瞳子（さわだ・とうこ）
一九七七年京都市生まれ。同志社大学文学部文化史学専攻卒業、同大学院博士課程前期修了。二〇一〇年『孤鷹の天』で小説家デビュー。同作品で第一七回中山義秀文学賞を受賞。一三年『満つる月の如し』で第二回本屋が選ぶ時代小説大賞ならびに第三二回新田次郎文学賞、一六年『若冲』で第九回親鸞賞、二一年『星落ちて、なお』で第一六五回直木賞を受賞。近著に『のち更に咲く』『月ぞ流るる』など。

お波奈《はな》の方さまの愛猫《あいびょう》・漆丸《うるしまる》が大奥・長局《ながつぼね》前の庭で倒れていたのは、新玉《あらたま》の春の浮かれ気分もやっと落ち着いた正月十日。白梅の枝がまだ冷たい春風に吹かれるたび、花弁をほろほろと散らす早朝だった。

夜の闇を丸めて引き伸ばしたような漆丸の身体が、降りかかる梅の花弁でまだらに染められている。それに気づいた刹那、お波奈の方さま付き部屋子のお須美《すみ》は、草履《ぞうり》が爪先からすっぽ抜ける勢いで、梅の木の根方めがけて走り出していた。

あくびをしようとして、そのまま息を引き取ったらしい。大きな口はふわと開いたままで、真っ赤な舌がだらしなく地を舐めている。

今にもうううんと伸びをしそうな二本の前脚、ゆるやかな弧を描く黒い尾。信じられぬ思いで、お須美は漆丸のかたわらに膝をついた。

お波奈の方さまに仕える又者《またもの》の中で、お須美は十四歳と一番年が若い。真冬の間も袖《そで》をたくし上げて掃除に勤《いそ》しむ若い熱気を愛してか、漆丸はこのところ、夜になると必ずお須美の布団にもぐり込んで暖を取っていた。その漆丸が姿を見せなかった昨夜から、嫌な予感はしていたのだ。だけど、そんな。

「う、漆丸。しっかりして」

「触るではありませんん、お須美ッ」

伸ばしかけた手を、鋭い叱責に引っ込める。同じくお波奈の方に仕える局女中の萩尾《はぎお》が白絹《しらぎぬ》に松を縫い取った打掛の裾をかいどって、小走りに近づいてきた。形のいい眉の間に深い皺《しわ》を刻んで漆丸を見下ろし、「蓆《むしろ》と空の俵をもらってきなさい」と低く命じた。

「出来れば、要らぬ火箸《ひばし》も。決して、漆丸を素手で触ってはなりません。俵に押し込んで、火之番役の女中に渡し、すぐにそのまま焼かせるのです。それとお波奈の方さまには、このことはくれぐれも内密に」

「ですが、萩尾さま」

当年とって十四歳の漆丸は、お須美と同い年。大きく異なるのは、お須美がまだ奉公を始めて半年にしかならぬのに対し、漆丸はかれこれ七年前、お波奈の方さまが大奥女中として働き始めた際、飼い主に連れられて奥に来たという点だ。

それから間もなく、お波奈の方さまに将軍・徳川家慶《とくがわいえよし》公のお手がつき、姫君を産んで御中﨟《おちゅうろう》に取り立てられたのに従い、漆丸もお腹《はら》さまの猫として一目おかれる存在となった。とはいえ漆丸自身は猫特有の気ままさで、首に付けられた銀の鈴をちりちりと鳴らしながら、ほうぼうの局や部屋を行き来し続けていた。

その動きは尾が三つに割れてもおかしくない老猫とは思えぬほど軽妙で、鼠《ねずみ》を追いかけまわしていることも珍しくなかった。ゆえに時には御右筆所《ごゆうひつどころ》や呉服之間などから、「ぜひ鼠取りのため、漆丸をお借りしたく」と女中がお波奈の方さまのもとへやってくる。

お波奈の方さまが産んだ御年三歳の米《よね》姫さまは、母君によく似たおちょぼ口で、「うるちまる、うるちまる」とその名を呼ぶ。お波奈の方の部屋を訪れた将軍自らが、漆丸の艶やかな毛を撫《な》ぜてやることすらあるほどだ。

そんな漆丸を、主《あるじ》に無断で焼いてしまえというのか。異を唱えかけたお須美に、「早く行きなさい」と萩尾は双眸《そうぼう》を吊り上げた。

「そなたとて一昨日、見たでしょう？　漆丸がお千恵《ちえ》の方さまの腐れ犬と組み合ったところを。漆丸はきっとあの時、嚙《か》み疵《きず》を受けたのです。ならばこのまま放っておけば、漆丸は明日の朝までに必ず帰って来るでしょう」

萩尾は今年、三十三歳の厄。容姿こそ十人並みだが、和漢の書物はもちろん、琴に笛、書に歌と諸芸に通じた才女で、ぜひにと請われてお波奈の方付きの局となった辣腕《らつわん》だ。

お波奈の方は六歳年上の萩尾を実の姉同然に慕っているし、お須美自身、奉公に上がって以来、萩尾がいかに信頼に足る人物かをたびたび目にしていた。

だからといって今回だけは、その命にすぐさまうなずくわけにはいかない。お言葉はもっともですが、と再度声を絞り、お須美は木の下でぴくりとも動かぬ漆丸に目をやった。

「帰って……必ず帰って来ると分かっているものを焼いてしまうなんて、哀れではないですか。そもそも漆丸はきっと、自分が今どんな目に遭っているかも理解しておらぬはずです。目を覚ませばきっといつも通りに甘え、餌をねだってくるでしょう」

「だからこそ、まだ眠っている今のうちに、灰になるまで焼かねばなりません」

萩尾はお須美の肩に、両の手を置いた。年の割に節の目立つ指にぐいと力を籠め、「もし、このまま漆丸を放っておいてごらんなさい」と小腰を屈《かが》めた。

「帰ってきた漆丸は自分の身になにが起きているかも分からぬまま、お波奈の方さまや米姫さまにじゃれつくでしょう。結果、お二方や上さまが腐れに侵される事態となったら、いかがします。大奥の者たちが、長年、必死に腐れを押さえ込んできた尽力を、そなたは足蹴にするのですか」

「そんなつもりはありません。あたくしはただ漆丸が可哀相で――」

声を潤ませたお須美に、萩尾は骨の目立つ肩が揺れるほど大きな溜息をついた。

「可哀相と思うならばなおさら、何も知らずに寝ているうちに焼き尽くしてあげなさい。すでに春先となれば、この先、帰ってきた漆丸の身体は、半月程度しか持ちますまい。それが腐れ身に取りつかれたものの末路です」

人に限らず、犬や猫、鼠、稀《まれ》には土竜《もぐら》などを襲う奇病「腐れ身」。この大奥に古くから現れる不可思議な病《やまい》に漆丸が侵されたことは、誰の眼にも明らかだった。

腐れ身に罹患《りかん》したものに噛まれたり、傷をつけられたりした相手は、早ければその日のうちに、遅くとも二、三日以内に倒れ、動かなくなる。半日から一日の間、骸《むくろ》の如く眠り続けた後、突然ぱっちりと目を覚ます。その後は以前同様に動き、口も利くが、日が経つにつれてその肉は腐れ爛《ただ》れ、汚臭を放ち始める。それと前後して、彼らは水や飯を受け付けなくなり、変わって周囲の人や獣の肉を食《は》もうとし始めるのだった。

「そなたが漆丸の面倒をよく見ていたことは分かっています。ですが、わがままは許されませんよ。奉公を始めた折に差し出した、六箇条の誓紙を思い出しなさい」

――一つ、御奉公の儀、実義を第一に仕え、少しも後ろぐらき儀は致すまじき候。よろづ御法《ごはっ》度《と》のおもむき、堅く相守り申すべき事。

――一つ、奥方の儀、何事によらず、外様《とざま》へ申すまじき事。

大奥に勤めるに際しては忠義を貫き、後ろ暗い行為をしてはいけない。奥向きのご法度をよく守る。そして城内で見聞きしたことは、決して外に漏らしてはいけない。

最初は当然と感じたそれらの誓約が、腐れ身の秘密を守るためだと気づくまで、さして日数はかからなかった。

大奥には火之番と呼ばれる警固役の女中が常駐しているが、彼女たちの詰所には常に松明《たいまつ》が焚《た》かれている。それは腐れ身に罹患したものが現れれば、すぐさま油をかけて灰になるまで焼き尽くすため。お須美が奉公に上がってからの半年で、さすがに人に害が及んだ例は皆無だが、飼い猫や飼い犬、鼠などが焼かれたことは、すでに片手の数を越えていた。

なぜ、この大奥にだけかような奇病が存在するのか。それは誰にも分からないという。ただ大奥は将軍の住まいにして、次なる将軍を育《はぐく》むゆりかごだ。それだけにこの二百年、歴代将軍や大奥の女たちは「腐れ身」を撲滅《ぼくめつ》しようと、さまざまな手を講じてきた。

神主や僧侶を招いて祈禱《きとう》させる、徹底的な「腐れ身」狩りをする……大きな声では言えぬが、過去に千代田のお城を焼尽させた火事の中には、大奥ごと腐れ身を焼き尽くそうとした末のものも交じっているとの噂だった。

だがそんな苦心をあざ笑うかの如く、腐れ身はひと月、二月に一度ぐらいの割合で大奥に出現しては、人々を驚かす。この病の厄介な点は、罹患後に倒れ、意識を取り戻して「帰って」きたばかりのものは、傍目《はため》にはこれまでとまったく変わらぬ姿と映ることだ。

犬猫なら以前通りに主を見分け、熱い舌で顔を舐める。それが人の場合、身体が腐り始めるまでは以前通りに立ち居振る舞い、己が腐れ身に罹患しているとの自覚はないという。

そんなものたちを悪病から解き放つには、火をもって焼き尽くすしかない。だがわずかでも心を留めた相手とは、一刻一日でも共に過ごしたいのが人情だ。「帰って」きたものを滅ぼさねばとの覚悟をそんな執着が引き留め、結果、大奥にまた腐れ身がはびこる。

一昨日、漆丸と取っ組み合った犬は、将軍の側室の一人、お千恵の方の飼い犬だった。お千恵の方は一時期、将軍に鍾愛《しょうあい》されたものの、近年はとんとお召しがなく、子を成せぬまま自らの局に籠りっきりで過ごしている御中﨟。

それだけにある日、腐臭を放ち、ところどころ白い骨を剥き出しにしたそれが、突如、大奥じゅうを駆け回り始めた時、大奥には逃げ惑う女中たちの悲鳴が響き渡った。お波奈の方の部屋では、飛び込んできた腐れ犬の前に漆丸が毛を逆立てて立ち塞がり、激しい取っ組み合いの末にそれを退けた。その後、更に他の部屋へと押し入った腐れ犬は、駆け付けた火之番衆に捕らえられ、すぐさま火中に叩き込まれたと聞く。

あの時、漆丸は腐れ犬を退けた後、すぐに何もなかったような顔で毛づくろいを始めた。それだけにお須美は、もしや漆丸は腐れ犬に嚙まれたのではとの不安を無理やり押し殺し、大丈夫だと自分に言い聞かせていたのだった。

ただ、あの時、漆丸が健闘しなければ、誰が腐れ犬に噛まれたとておかしくはなかった。ならば漆丸はお波奈の方に仕える女たち全員にとって、命の恩人も同様ではないか。

「せめてお波奈の方さまにお知らせするだけでも。そうでないと、漆丸が哀れです」

「なりません。お方さまはお優しい方です。漆丸が腐れ身になると聞けば、せめて我を忘れるその時まで手元で慈しんでやろうと仰るでしょう。ですがお波奈の方さまに遺恨を抱くものは、大奥には多いのです。そんな輩《やから》のせいで、わたくしたちの主がお紺《こん》の方さまのようなご境涯におなりあそばしたなら、いかがするのですか」

それは、とお須美は口ごもった。すると萩尾は肩に置いた両手にいっそう力を籠め、「漆丸は賢い猫でした」とひと言ひと言区切る口調で言った。

「あの猫は我が身を挺して、お波奈の方さまをお守りしたのです。ならば今度は私どもが、その忠義を引き継ごうではありませんか」

お紺の方とは大奥に語り伝えられている側室の名で、三代前の将軍・家重《いえしげ》の愛妾《あいしょう》とも、初代将軍たる東照大権現《とうしょうだいごんげん》・家康《いえやす》の側室の一人とも言われている。詳細がこれほど曖昧《あいまい》なのは、彼女の名はもちろん、その腹から生まれた姫の名までが、徳川家の正式な記録から抹殺されているためだ。

噂によれば、お紺の方は早くに将軍の寵愛を失ったものの、たった一人授かった姫の成長だけを楽しみに、ひっそりと大奥の片隅に身を置いていた。だがその姫はある時、「腐れ身」の鼠に噛まれてしまう。側仕《そばづか》えの女中たちが懸命に説得したにもかかわらず、お紺の方は帰ってきた姫をこれまで以上に慈しみ続け、それは姫が人語の通じぬ腐肉同然となっても続いた。たまりかねた側女中の一人がついに将軍にすべてを告白した結果、お紺の方は姫君ともども、暮らしていた一室に火を放たれて殺されたという。

将軍・家慶は小柄で穏和な気性の割に、側室が多い。お波奈の方はその中でも一二を争う将軍のお気に入りだが、それは同時に大奥じゅうの女たちの恨みを一身に背負っている事実を意味する。

お波奈の方のためにも、漆丸をすぐに焼かねばならないとの言い分はもっともだ。しかしだからといってそれで、何の罪咎《つみとが》もない猫を簡単に葬《ほうむ》れるものか。

うつむいた視界がにじみ、漆丸の輪郭がぼうと涙にけむる。遂にしゃくり上げ始めたお須美に溜息をつくと、萩尾は自らの打掛をするりと脱いだ。それを漆丸にかぶせるや、猫の骸をくるんで抱きあげた。

「この打掛は昨年の暮れ、わたくしがお波奈の方さまから賜ったものです。莚や俵で荒《あら》けなく焼き捨てるのが哀れなら、せめてお波奈の方さまの残り香のあるこの衣で、漆丸を送ってやりましょう。それで得心なさい」

さあ、と差し出された打掛に包まれた漆丸は、先ほどまで開いていた口が閉じたこともあり、ただ眠っているだけにしか見えない。思わず鼻先を撫でそうになる指を握り込み、「承知しました」とお須美はか細く応えた。

お千恵の方が飼っていた犬は、確か毛足の長い狆《ちん》だった。だが一昨日、局に飛び込んできた腐れ犬は、総身から毛が抜け、今にも外れそうなほど開いた顎《あご》から、どす黒いよだれがだらだらと滴っていた。お千恵の方はきっと、飼い犬がこうむった病が哀れで、犬を匿い続けていたのだろう。同じ境遇に漆丸が見舞われる不幸に胸が塞がる一方で、この愛らしい生き物もまたいずれあんなおぞましい姿に変わると思うと、目の前が真っ暗になる。

腐れ身となったものに未来はない。ここで逆らっても、いずれ誰かが漆丸を焼くのだ。ならばと必死に自らに言い聞かせ、お須美は漆丸を抱く手に力を籠めた。

「分かってくれればいいのです。猫とは気ままな生き物。お方さまもしばらくは寂しがられましょうが、すぐにどこかに行ってしまったのだと諦めてくださいましょう」

どこかで仔猫でももらってくればいいのだ、と萩尾が呟《つぶや》く。そんな上役に背を向けたお須美の顔を、冷たい風が叩いた。

漆丸は寒がりだった。その上、凍え切った地面の上に横たわっていたのだから、さぞかし骸は冷えていよう。本当なら思い切り抱きしめ、肌の熱を分けてやりたい。だが腐れ身はただ触っただけで移ることもあると聞く。

鼻をすすりすすり、お須美は庭木の陰を歩き出した。一昨日の騒ぎを知らぬ者は、大奥にいない。火之番衆はこの包みを差し出しただけで、すぐさま始末をつけてくれるはずだ。

（だけど――）

この半年、事あるごとに自分の布団にもぐり込んできた漆丸の柔らかな感触が、腰のあたりに蘇《よみがえ》った。

浅草の呉服商の娘として生まれたお須美は、十二の年までお蚕《かいこ》ぐるみで育てられてきた。そんな自分が思いがけず放り込まれた大奥で、今日まで勤めを続けられたのは、漆丸がいればこそだった。年嵩《としかさ》の女中に叱られ、寝床の中で涙に暮れた夜も、漆丸の柔らかさ温かさがあればこそ我慢が出来た。

うるしまる、と名を呼んだ途端、熱いものが胸の底からこみ上げてくる。これが別れだとばかり、腕の中の包みを強く抱きしめたその時だった。

「そいつ、腐っちまったのかい」

という女の声が、お須美の耳元で響いた。

振り返れば、年はお須美よりひと廻りほど上だろう。古い竹尺のようにひょろりと背の高い女が、小脇に箒《ほうき》を抱えてたたずんでいる。

お仕着せの絣《かすり》の袷《あわせ》に襷《たすき》がけという身形《みなり》は、大奥の奉公人の中でももっとも格下のお半下《はした》のものだ。浅黒い顔にぼんやりと瞼《まぶた》の厚い目が、じっとお須美を見下ろしていた。

「まだよ。今はまだ眠っているだけだわ」

大奥に暮らす女は、上は将軍の御台所から下は御殿に上がることも許されぬお半下まで、約五千人。萩尾のような奥女中や各側室付きの部屋子は、奉公に際しては後見人が求められた上、親兄弟の素性まで改められる。だが大奥の雑用を任されるお半下の中には、半年や一年で暇を取る者も多く、ほとんど町方の下女と変わらぬ口利きをする者も珍しくない。

「そりゃ、悪かった。昨日、火之番衆が犬やら猫やらを四、五匹燃やしていたからさ。てっきりその荷もお仲間だと思ったんだ」

伝法な口調とともに、女はお須美の腕の中をのぞきこんだ。腕の箒の柄でひょいと打掛の端をめくり、「なんだ、こいつかい」と意外そうに眼をしばたたいた。

「以前から、よく御庭をうろうろしていた黒猫じゃないか。昨日のお女中衆は、お千恵の方さまが匿っていた腐れ犬が暴れ回ったって話していたけど」

「ええ、そうよ。この漆丸だって、本当ならまだまだ元気に鼠を追えたのに――」

うつむいたお須美に、「ああ、もう泣くな。泣くな」とお半下は舌打ちをした。

「泣いたって、そいつが腐らずに済むわけじゃなかろうに。どうせ焼かなきゃいけないなら、持っている分だけ情が移るよ。さっさと貸しな」

お半下は二の腕まで剝き出しになった両手を、お須美に向かって差し伸べた。その勢いよさに、お須美は思わず漆丸を胸の中に庇《かば》って彼女に背を向けた。

「いやよ。情が移って、何が悪いの。そりゃあ、漆丸を焼かなきゃならないことぐらい、あたしだって分かっちゃいるわ。でもこの猫は何の悪さもしていないのに、そんな非道が簡単に出来るものですか」

「そりゃまあ、道理だよな」

お半下は意外なほどあっさりとうなずいた。その癖、「けどね」と言葉を続けながら、庭の奥に甍《いらか》を光らせる長局を顎で指した。

「身形から推すに、あんたもどこかの御中﨟さまの部屋子だろ？　気を付けな。一日二日なら大丈夫かもしれないけど、それ以上ぐずぐずしていると、腐れ身になった猫を匿っている御中臈さまがいると騒ぎ、あんたのご主人さまを追い落とそうとする奴が出て来るよ」

「それぐらい、分かっているわよ。だからどうにか覚悟を決めなきゃと思っているんじゃないの」

言い返したお須美を、「いいや、分かっちゃいないね」とお半下は決めつけた。

「本当に承知していたら、他の女中衆みたいにためらう暇もなくその猫を焼き払っているはずさ。だいたいあんたは、お千恵の方さまのところの腐れ犬がどうして暴れ出したのか知っているかい？」

え、と目を瞠《みは》ったお須美に、お半下は小さく鼻を鳴らした。

「そりゃあ、いよいよ身体が腐り出した腐れは厄介なものだけどね。それでもいきなり部屋から飛び出して、長局じゅうを暴れたりするものかい。あの日はご側室のお加久《かく》の方さまが、最近飼い始めた大きな犬を連れて、わざわざお千恵の方さまの局の前を練り歩かれたのさ。腐れ犬は知らない犬の匂いに仰天して、それで局を飛び出しちまったってわけさ」

お加久の方は、お波奈の方より半年ほど前に将軍のお手がついたと聞く女性だ。年は確かお波奈の方と同じ癸亥《きがい》の生まれ。数年前に男児を産むも早逝させており、以降はお千恵の方同様、将軍の寵はあまり厚くないと聞く。普段は自室でひっそり日々を送っているとかで、実際、お須美は奉公に上がってからというもの、まだ一度もその姿を目にしたことがない。

「お加久の方さまはもともと、お千恵の方さまと仲良しでね。共に上さまのお手がつくまでは、御次《おつぎ》として相役でいらしたのさ。それがまあ、側室同士となった途端、互いの悪口を言い合う仲になってしまわれたけど」

「詳しいのね。あなた」

「かれこれ十五年も大奥にいれば、大概のことは分かるものだよ。これでも昔は、部屋子勤めをしていたこともあるんだ。あんたもうかうかしているんじゃないよ」

何が言いたいの、と呟いたお須美に、「分からない子だねえ」とお半下は舌打ちした。

「お加久の方さまはお千恵の方さまを貶《おとし》める気で、腐れ犬を局からおびき出したってわけさ。上さまはお人柄はいい一方、少々気まぐれなところがおありだ。長らく忘れ切っていたご側室さまを、いつ再び寵愛なさるか分かったものじゃない。お加久さまからすれば、邪魔な敵にはさっさと大奥から消えてほしいってことだろ」

お千恵の方の犬を最近見ない。実は腐れ身になったのではとの噂は、一部ではかなり前からささやかれていたという。お加久はそんな犬をおびき出し、大奥じゅうを大混乱に陥れることで、お千恵の方をまさにお紺の方同様に道理をわきまえない女だと喧伝《けんでん》してみせたわけだ。

すでにお千恵の方の身柄は、奥向きの規律を司る御年寄たちによって捕らえられているという。数日のうちにも内々に親元に帰されるはずだ、とお半下は続けた。

「ついでに腐れ犬がほうぼうの局で病を広めれば、それを庇おうという奴も一人や二人、出て来るかもしれない。そうしたら少し間を置いて、その不届き者を探り当て、お千恵の方さま同様に大奥から追い出す口実になさる腹でいらっしゃるんじゃないかな」

なにせほら、お加久の方さまは気の強いお人だから、と平然と付け加えるお半下の顔を、お須美は呆然と見つめた。

「つまり……つまりそれは、お加久の方さまの策謀のせいで、漆丸が腐れ身になってしまったってことなの」

「ああ。誰かが水の底に沈めば、誰かが代わりに浮かび上がるってのが、世の習いだ。もちろん、お千恵の方さまの犬がなにに嚙みつくかまでは予想していらっしゃらなかっただろうけど。結果としてそれが上さまのご寵愛めざましいお方の局に飛び込んだんだから、今ごろお加久の方さまはいいきっかけを得たと大喜びだろうよ。――おっと、ごめんよ」

お半下はそう呟くなり、抱えていた箒を地面に向かって勢いよく突き倒した。足元に露出していた桜の根に当たったそれが、かつんと高い響きを上げる。

それに驚いたかのように、数間離れた藪《やぶ》がざわりと揺れた。えっと驚いて頭を転じる間もあらばこそ、藪陰から小柄な人影が転げ出し、長局の方角へと走り去った。

「あれは――」

「お加久の方さまのところの部屋子だろうね。あいつ、さっきからずっとあんたの様子をうかがっていたんだよ。気づかなかったのかい」

鈍《にぶ》い小娘だとばかり、お半下は唇を歪めた。

「これで分かっただろう？　さっさとその猫を焼き捨ててしまいな。そうじゃないと、あんたの御主《おしゅう》さまに迷惑がかかるんだよ」

そうか。萩尾は最初っからこのからくりに思い至ればこそ、漆丸を焼けと命じたのか。

人が集まるところに悶着《もんちゃく》が起きるのは世の理《ことわり》。それぐらい、お須美とて承知している。そもそも自分が生家を離れ、大奥なぞにご奉公する羽目となったのも、そんな悶着に巻き込まれたればこそだ。

だが漆丸は人ではない。お千恵の方の飼っていた狆も、昨日、焼き捨てられたという犬猫も同様だ。そして飼い主の意のままに従うしかない動物たちを、人間の悶着に巻き込む必要なぞなかろうに。

ただの病ならば、まだ仕方がないと諦められる。しかしそれが人によって巻き起こされた禍《わざわい》とは。

——困るんですよねえ。こんな小娘にお店の中をうろちょろされちゃ。

忌々《いまいま》しげな義母の声が、不意に耳の底に蘇った。絵草紙から抜け出したかのように仇《あだ》っぽい彼女にうつむくばかりの父、二人のかたわらに寝かされた半分だけ血のつながった小さな小さな弟。優しかった母の死は、誰にも留めようのない災厄だった。しかしそんなお店に乗り込み、のうのうと父の正妻に納まった義母のせいで、お須美は生家に居場所を失った。

娘を大奥に奉公に出した父はきっと、生家よりも大奥の方が住みよい場所であれと願っていたのだろう。だがお須美からすれば、それが生家であれ大奥であれ、他人の我意に虐げられた結果であることに変わりはない。

だとすれば今、腕の中で眠っている漆丸は、自分と同じだ。どこにも行くあてがなく、また誰にも存在することを望まれていない。

「あたし――」

押し殺した声を絞り出したお須美に、お半下がまた泣き言かと舌打ちする。それをぐいと振り仰ぎ、「あたし、これからお暇《いとま》をいただきます」とお須美はひと息に言い放った。

「なんだって？」

「忘れていましたが、今日はおっ母さんの月命日でした。これからすぐ菩提寺《ぼだいじ》に出かけて、おっ母さんにお線香をあげてきます」

奥女中の宿下がりには厳しい定めがあり、前もって大奥の諸儀を司る老女に届け出をせねばならない。だがそれはあくまで形式的なもので、お須美のような又者の場合、主であるお波奈の方さまの許しさえ得られれば、半日のお暇ぐらい都合がつけられるはずだ。

とはいえ、こと今回に限っては、お波奈の方に許可をもらうわけにはいかない。漆丸の尻尾や髭《ひげ》が見えぬよう、丁寧に打掛でくるみなおしながら、「ねえ」とお須美は言葉を続けた。

「ご奉公に上がった時に聞いたのだけど、お半下の者たちは買い物や細々した用事のために、七ツ口を自在に行き来する御切手をいただいているんでしょう？　それを使わせてもらうわけにはいかないかしら」

七ツ口とは大奥の運営を補佐する御広敷向役人が詰める御広敷向役所と、大奥をつなぐ出入り口。出入りの商人はこの七ツ口まで進み入って奥女中を相手に商売を行っており、宿下がりの女中はここで御切手書と呼ばれる奥女中に出入りを許可する御切手を示し、それぞれの家に向かう慣例だ。

お半下は一瞬、言葉を失った。だがすぐに、「あんた、面白い子だねえ」とひとりごちて、大きな唇をにやりと歪めた。

「御切手を使わせてやることは、構わないよ。あたいたちの詰所に置いていたのを、勝手に盗み出されたと言えばいいだけだからね。ただそんな真似をしたら、あんたは二度とここには戻って来られないよ。親兄弟はもちろん、ご奉公の口利きをしたお人にもお咎めが行くかもしれないけど、その覚悟はあるのかい」

「知るものですか。そんなこと」

父は気の弱い男だった。お店の奉公人から、婿養子として店の主に納まったという立場もあってか、何をするにつけても遠慮がちだった。そんな彼が思いがけず深川《ふかがわ》に妾《めかけ》を囲っていたのは、「大奥出入りを許されるほどの呉服商・大前屋《おおまえや》の主なら、それぐらいの甲斐性があって当然だ」と同業者仲間にそそのかされたためらしい。

ただそれだけなら、よくある話で済んだだろう。しかし店付き女房だったお須美の母が病で亡くなった後、まさか父がその妾を正妻として店に入れようとするとは、誰一人想像していなかった。ましてや妾がちょうど、男児を産んだばかりだったなぞ。

また乳飲み子の倅《せがれ》可愛さのあまり、あの女の言うがままに自分を追い出した父に、何の未練もない。大前屋はすでに、自分とは遠い存在になっているのだ。間髪を容れず言い放ったお須美に、お半下は箒を抱え直した。

「よし。それだけ腹をくくっているなら、大丈夫だろうよ。ただ、行くあてはあるのかい」

お須美はええとうなずいた。

母が亡くなるまで、風にも当てぬよう育てられてきたせいで、正直、江戸市中のことはよく分からない。ただあの女が正妻に納まると同時に暇を出されたお須美の乳母は、品川の網元の妹だった。飯売《めしうり》や旅籠《はたご》が立ち並ぶ街道のはずれ、大小の網が延々と干された浜辺に建つその家には、二、三度、連れて行かれたことがある。その折は駕籠《かご》だったが、確か品川はお江戸日本橋からたった二里。日が長くなり始めたこの時期、今から出かけられぬ距離ではないはずだ。

大奥から飛び出してしまえば、漆丸を連れて行ったとて、お波奈の方に迷惑がかかりはすまい。馬鹿な真似をと思わぬでもない。だがこの大奥に漆丸がいなければ、お須美はとっくの昔に奉公に耐えられなくなっていた。なればこれは、早いか遅いかの違いでしかない。

「乗りかかった船だ。こうなりゃ、途中まで付いて行ってやるよ。平川門を出たところで待ってな」

千代田のお城の北東に位置する平川口は、大奥に至る門のため、お局門とも別称されている。お須美自身、大奥に上がった際はこの平川門から出入りしたため、辺りのことは分かっていた。

お半下から彼女たちの詰所の場所と、御切手が納められている手箱の在り処を教えられると、お須美はまず一旦、自室へと戻った。「そのままの格好じゃ、すぐにどこぞの部屋子だと見破られちまうよ」とのお半下の言葉に従い、生家からたった一枚だけ持ってきた小袖に着替える。漆丸を包んだ打掛を、更にありあわせの風呂敷でくるんで小脇に抱え、庭先からお半下の詰所へと向かった。

「お半下は数が多いからさ。互いの顔なぞろくに覚えちゃいないんだ。胸を張って、堂々と出入りさえすれば見咎められやしないよ」

という先ほどのお半下の言葉通り、揃いの絣をまとった女たちは慌ただしげで、どうやらお須美のことは所用のため出かける同輩としか見ていないらしい。

震える手を堪えて壁際の手箱を開ければ、古びた御切手が納められている。続き間になっている御広敷向の番小屋に進み入り、当番の役人にそれを示す。四十がらみの裃《かみしも》姿の役人は、じろりとお須美の顔を見ただけで、「ご苦労」とあっさり御切手を返して寄越した。

目を伏せたままうかがえば、御広敷向は役人衆の詰所や対面所が幾つも並んだ構造と見え、あちらこちらの部屋から話し声が漏れて来る。中には女のものらしき声が交じっているところから推すに、出入りの商人と奥女中の対面もここで行われているようだ。

かたわらに置いていた風呂敷包みを、なるべくゆっくりと抱く。だが広縁の果てに見える御広敷門へと向かいかけたお須美を、「待て」と先ほどの役人が呼び止めた。

「うっかり聞くのを忘れるところだった。御切手には急ぎの買い物のためとあったが、今日は何を求めに行くのだ」

氷を押し付けられたような震えが、一瞬にして全身を貫く。逃げ出しそうになる足をぐいと踏ん張って身を翻《ひるがえ》し、お須美は敷居際に膝をついた。まっすぐにこちらを見つめる役人の眼差しを瞬きもせずに受け止め、「油を」ととっさに浮かんだままの言葉を口にした。

「油を急ぎ届けさせよとの、火之番衆のご命令です。なにせ一昨日の騒ぎ以来、奥向きでは腐れ身を焼くための油がいるばっかりで」

役人の顔がはっと強張った。太い眉を強くひそめるや、「その名を迂闊《うかつ》に口にするな、愚か者」と声を低めてお須美を叱りつけた。

そうか、ここは大奥と外との境目。大奥の諸雑事に当たる御広敷向役人は、当然、腐れ身の病について承知している。だが出入りの商人衆に対しては、それは決して知られてはならぬ禁句というわけだ。

「もういい、早く行け。分かっているだろうが、ここから先では決して、その名を口にしてはならんぞ」

「大変申し訳ありません。あたくしが迂闊でございました」

急いで詫びたお須美に、役人がうとましげに片手を振る。そのまま元の座に戻る彼に再度低頭してから、お須美はなるべくゆっくりと御門へと向かった。

平川門をくぐり、お堀端へと歩み出る間もあらばこそ、「待たせたね」との言葉とともにお半下が追いついてきた。これまたお須美同様、地味な無地の袷に身を包んでいる。軽く顎をしゃくって歩き出しながら、「あんた、名はお須美っていうのかい」とお半下は世間話でもするかのように声を落とした。

「え、ええ。どうして知っているの」

「お波奈の方さま付きの萩尾さまがさっき、お須美はどこですと又者に尋ね回っていらしたからさ。火之番女中の詰所にあんたがいないと気づいて、探し始めていらっしゃったよ」

さすがは萩尾だ。お須美がまだ完全に納得したわけではないと感じ、ちゃんと火之番詰所に向かったか確かめさせたと見える。

「こりゃあ、あんた、すぐに追手をかけられちまうよ。少なくとも実家には立ち寄らない方がいいだろうね」

「大丈夫です。頼まれたって、帰ろうとは思いません」

つんと言い放ったお須美に、お半下は「そうかい」と拍子抜けした口調で呟いた。

「とはいえ、あんたを追うのは、萩尾さまの手の者だけじゃないだろう。お加久の方さまの息がかかった方は、ちょいと厄介だねえ」

確かにこのお半下が、お須美の名を耳にしたのだ。お須美が行方をくらましたことは、すでにお加久の方さまの耳にも届いたと考えねばなるまい。つまりこれから自分は萩尾とお加久の方、双方の追手をかわしながら、品川に向かわねばならないわけだ。

「けどまあ、すぐに見つかることはないわよ。だいたいお江戸は広いんだから」

「甘いね。萩尾さまの方はともかく、お加久の方さまの追手には気を付けた方がいいよ」

いつしか往来の左右には商家が立ち並び、辺りは芋の子を洗うに似た雑踏に変じている。すでに松は取れたはずだが、まだ正月の祝儀にあずかろうというのだろう。朱塗《しゅぬ》りの獅子頭《ししがしら》を抱えた袢纏《はんてん》姿の男が二人、お須美を突き飛ばさんばかりの勢いでかたわらを通り過ぎて行った。

「あの方の父君はただいま、小普請組支配の任にいらっしゃる。となるとそのご下命があれば、無役の旗本・御家人衆が争って立ち働かれる道理だよ」

娘が上さまの寵愛厚ければ、当然、その威光は親兄弟にも及ぶ。お加久の方が他の側室追い落としに熱心なのは、そんな父の存在もあるのだろう。そして小普請組の配下の衆は、どうにか上役に気に入られようと必死だからね、とお半下は嚙んで含める口調で語った。

「旗本衆に対し、市中であんたを探せと直に命じる無茶はなさらないだろう。でもそれとなく人を探しているとお告げになり、気心の利いたお旗本たちが人を繁華な辻《つじ》に立たせたり、あんたの立ち寄り先を訪ね歩かせたりなさることはお止めにならないだろうよ」

それに比べ、萩尾は市中に人を遣わす手立てを持っていない。お波奈の方の実父は小十人組組頭のため、彼女にすがりさえすれば人手も集まるだろう。しかし何より忠義を重んじる萩尾は、そもそもこの一件をお波奈の方の耳に入れることを、厳に慎もうとするはずだ。

先ほどの獅子舞の男たちが、門付《かどづ》けを始めたらしい。賑やかな笛の音が、人波の果てから響いてきた。だが今のお須美には、その甲高い響きがひどくうつろなものに聞こえ始めていた。

「その……もし、あたしがどこかに潜んでいると分かったら、お加久の方さまの手の者が無理やり押し込んでくることはあるかしら」

「ないとは言えないね。というより、力ずくで他のご側室がたを追い落とそうとなさるお方だ。あんた自身、問答無用で斬り捨てられたっておかしくないよ」

お半下の言葉は至極道理にかなっている。お須美は唇を引き結んだ。

生家の父や義母がどうなろうと知った話ではない。ただ、品川に戻っていった乳母は、いよいよ浅草の店を立ち去らねばならなくなったその日まで、お須美の身を案じてくれた。迎えの駕籠がやってきてもお須美の側から離れず、何かあればいつでも品川に訪ねてくるようにとしつこいほどに繰り返した。

いくら漆丸を守るためとはいえ、それで罪咎のない乳母やその縁者を巻き込んでは、自分はお加久の方と同じ穴のむじなとなる。「品川に行くのはよすわ」と、お須美は己に言い聞かせるように呟いた。

「漆丸が目を覚ますのをどこかで待ち、後のことはそれから考えるわ。お加久の方さまの手の者に捕まっても、漆丸さえ帰ってきた後なら、あの子だけでも逃がしてやれるもの」

「――腐れ身を野に放つつもりかい」

お半下の低い声をかき消すかのように、笛の音が更に高らかに鳴り響く。獅子がおどけた仕草でもしたと見え、人波の一角がどっと笑いさざめいた。

「放ちたくって、放つわけじゃない。でも、どうすればいいのかあたしにもよく分からないのだもの」

人畜が生きながら化け物になる腐れ身が広がれば、この国は大混乱に陥る。それを防がんがために、これまで多くの人々が身を粉にして働いてきたのは分かる。だがその事実と、腕の中の小さな猫を灰にすべきかは、まったく異質の話だ。

腐れ身となった愛娘を庇い、彼女とともに炎の中に消えたお紺の方の気持ちが、お須美にはほんの少しだけ分かる気がした。白黒どちらも選べぬことに出会えば、人はただそこで立ちすくむしかない。お紺の方は決して、娘を腐れ身として生きながらえさせたかったわけではあるまい。ただ殺すことも生かすことも選べなかったがゆえに、ついに娘とともに灰になる道を採るしかなかったのだ。

腐れ身を庇おうとする人心を用いて、周囲を陥れようとするお加久の方の逞《たくま》しさを、お須美はわずかにうらやんだ。彼女はきっと無駄だと分かりながらも誰かを救いたいと願う煩悶《はんもん》も、大切なものの息の根を止めねばならぬ苦しみも知らぬのだろう。

だが自分はお波奈の方への忠義より、お加久の方の手の者に追われる恐怖より、漆丸をどうすればという苦悩を選び取ってしまった。ならばたとえこの先に何が起こるとしても、その悩みをたやすく切り捨てることはできない。もし漆丸を野に放ってしまうとすれば、自分はその責めを負い続けて行かねばならぬ。

「あんたは――」

お半下がなにか言おうとした刹那、二人の武士が日本橋を渡ろうとしてこちらを振り返った。黒紋付の羽織に着流しという風体は、決して珍しいものではない。だが辺りをうかがう眼光の鋭さに、お須美ははっと身を硬くした。

侍たちの側もまた、お須美を見咎めたのだろう。急に表情を険しくすると、人の流れに逆らってこちらに近づいて来ようとした。

お須美は漆丸をひしと抱きしめると、お半下とうなずき合って身を翻した。一瞬遅れて背後で、「待てッ」「その女たちを捕まえてくれッ」という怒号が上がる。往来の人々が戸惑った様子で、辺りを見回し始めた。

「畜生。あいつら、追手かい」

お半下が舌打ちして、鋭い目を辺りに配る。だが物陰に飛び込んで侍たちを撒《ま》こうにも、大路小路はどこも人で溢《あふ》れかえり、身を隠す余地などどこにもない。

このままっすぐ進めば神田明神とあって、往来の雑踏はますますひどくなるばかり。これで往来の向こうから更に追手が迫って来れば、お須美たちは袋の鼠も同然となる。

ああ、どうすれば、とお須美が唇を嚙み締めたその時、腕の中の包みが不意に柔らかさを増した。驚きの声を上げかけたのと、かたわらの店先から伸びてきた猿臂《えんぴ》が、お須美の腕を摑《つか》んだのはほぼ同時。

「逃さんぞ、娘。お波奈の方さま付きの部屋子とはおぬしだな」

野太い声とともに引きずり込まれた店は、どうやら宿屋らしい。「何をするんだよッ」という叫びに振り返れば、日本橋で見かけた男たちがお半下の両腕を左右から捕えている。

おろおろと立ちすくむ宿屋の者たちに、「御用の向きだ。場所を借りるぞ」と言い放つや、侍たちはお須美たちを玄関脇の一間に押し込んだ。普段は客を迎える女中たちの詰所だろう。旅人の足をすすぐための盥《たらい》が、土間の隅にうずたかく積まれている。

「まったく、手間をかけさせよって。しかも仲間がいるなぞ、聞いておらんぞ」

と、舌打ちした四十がらみの男に、お半下の腕を捕えた侍たちが申し訳ありませんと低頭する。

「まあ、しかたがあるまい」とそれに応じ、男は土間にしゃがみこんだお須美を振り返った。

「大奥から逃げ出す不届き者が二人もいようとは思わぬものだ。だがこれで太田《おおた》さまもお喜びになられよう。早くお知らせして来い」

一人がはっと応じるなり、踵《きびす》を返して宿屋を飛び出していく。それを満足げに見やり、「さて」と男はお須美に向き直った。

「我らの言うことを聞くなら、命までは取らん。おぬしが大奥から逃げ出したのは、お波奈の方さまのご下命によるものだな。大奥のご定法に背き、腐れ身の猫を逃がせと命じられたのだろう」

「違います。お波奈の方さまは何もご存じありませんッ」

言い募ったお須美に、「無駄だよ」とお半下が首を横に振った。

「こいつらはどうせ最初っから、お波奈の方さまを陥れる腹なんだ。あんたがどれだけ違うと言ったって、聞き入れるわけがないさ」

「ふん、下衆めが知ったような口を」

おい、と男が残った侍に顎をしゃくった。すると侍は店の土間とこちらの部屋を隔てる板戸を後ろ手に閉ざし、出入りを塞ぐかのように仁王立ちになった。

お半下の顔から、血の気が引く。それを嘲笑う目で見やり、男は腰の刀を抜き放った。

お波奈の方が腐れ身を庇おうとしたと言い立てるためなら、お須美やお半下は生きていない方が好都合だ。最初から彼らはお須美たちを斬り捨てるつもりで、市中を探索していたのだろう。

「悪く思うなよ。おぬしらの死はありがたく使わせてもらうからな」

薄暗い部屋の中で、抜き身の刃が油を流したかのように光っている。お半下と身を寄せ合い、お須美は腕の包みをいっそう強く抱きしめた。まるでそれに応じるかのように風呂敷包みが大きく蠢《うごめ》く。

なに、と男が目を見開いた刹那、ひびわれた猫の鳴き声が辺りに響き渡った。お須美の腕の中から、包みが落ちる。もぞもぞと動くその中から這い出した黒猫が、男に向かって鋭く息を吐きながら、毛を逆立てた。

「漆丸ッ」

帰ってきたのだ。その姿態はかつてと変わらずしなやかで、緑色に光る大きな眼も棕櫚《しゅろ》たわしのように膨らんだ尾も、何一つ変わりはしない。

全身の毛を膨《ふく》らませ、漆丸は牙を剝き出した。男は大刀を構えたまま、じり、と後じさり、

「腐れ身――」と低い呻《うめ》きを上げた。

「あ、油だッ。油と火打石を借りて来いッ」

男の叫びに、板戸を守っていた侍が身を翻す。すると漆丸は稲妻の如く侍に駆け寄り、あわて飛びのいた彼の足元でまたも牙を剝き出した。

「こ、この畜生めがッ」

男は怒号とともに刀を振りかざした。だがわなわなと身を震わせながらもそれを振り下ろせぬのは、腐れ身がいかなる病かをよくよく承知しているためと見える。

首を断ち、四肢を切り落としても、一旦腐れ身となったものはなおも蠢き続ける。ましてや猫

には鋭い牙と爪がある。わずかでも傷つけられれば同じ腐れ身となるだけに、彼らは帰ってきた漆丸に手が出せぬのだ。

「ど、どけッ。あっちに行けッ」

侍が焼けた鉄の上に足を下ろしたかのように、大きく飛びのく。漆丸は大きな眼をきらめかせると、何の躊躇《ちゅうちょ》もなく彼の足首に食らいついた。血の凍るような叫びを上げながら、侍は身体の芯が抜けたかのようにその場に尻餅をついた。

山田《やまだ》ッと叫んで、男は部下と思《おぼ》しき侍を振り返った。その懐に漆丸が飛び掛かり、鋭く爪を閃《ひらめ》かせる。

血飛沫《ちしぶき》がわずかに虚空に散り、男が刀を取り落とす。「おのれッ」と叫んで、男は真っ赤な傷の走った手の甲を、左手でかばった。倒れ伏した侍と相変わらず牙を剝き出しにした漆丸を素早く見比べるなり、板戸に体当たりを食らわせた。

どうと音を立てて倒れた板戸を飛び越えて、男が宿屋から走り出す。呆然と立ち尽くす店の者たちにはお構いなしに、そのまま往来へと駆け出して行った。

「だ、大丈夫かい、あんたたち。今のお侍さまは一体」

主と思しき白髪《しらが》の老爺が、外れた板戸の向こうから狼狽《ろうばい》した声を投げかける。だが今のお須美には、その声も、「大丈夫だよ。お騒がせしちまったねえ」というお半下の応えも、皆目聞こえてはいなかった。

逆立っていた漆丸の毛がみるみる萎《しぼ》み、見開かれていた目が細くなる。漆丸、と恐る恐る呼んだお須美に甘えた鳴き声で応じ、黒猫は差し延べた手に頭をこすりつけた。

腐れ身が移るかもしれない。そんな恐怖は、掌《てのひら》に伝わる柔らかな熱にあっという間に解け去った。何度も何度もすり寄せられる身体の柔らかさが、大奥の床で身を寄せ合った夜を記憶の底から蘇らせた。

「このお侍、今は惚《ほう》けちまっているけど、いずれさっきの御仁が迎えに来るはずだよ。それまで、どこかに置いてやってくれないかね」

「そりゃあうちは宿屋ですから。お侍さまの一人や二人、お預かりはできますけど」

お半下と宿屋の主のやりとりが、水をくぐったかのように遠くに聞こえる。萩尾の打掛で漆丸をくるんで抱き上げながら、やはりだめだ、とお須美は思った。

たとえ腐れに身を蝕《むしば》まれていようとも、漆丸はやはり昔と変わらぬ漆丸だ。その命を絶つことなぞ、自分には到底できない。

双眸から涙を溢れさせるお須美を、漆丸がきょとんと見つめている。先ほどまでの凶暴さの欠片《かけら》も残らぬ丸い目に、ますます激しい嗚咽《おえつ》がこみ上げる。

「じゃあ、よろしく頼むよ。悪いねえ」

行くよ、とお半下がお須美の肩を叩く。呆然と天井を仰ぐ侍の膝先をまたぎ越して宿屋を出れば、往来は相変わらずの雑踏だ。

にゃう、と小さな鳴き声を上げる漆丸を、すれ違う人々がおや、愛らしいと振り返る。神田明神からの参詣帰りだろうか。びらびら簪《かんざし》を大きな髷《まげ》に飾った七、八歳の少女が、「ねえ、おっかさん。あたいも猫が欲しい」とかたわらの母親を顧みた。

「はいはい。最近、店に鼠が増えてきたからね。ちょうど猫が仔を産む頃合いだ。今度、裏のお稲荷さんの境内《けいだい》にでも探しに行こうか」

途端にぱっと顔を明るませた少女を、お須美はつい見つめた。自分にもあんな時があったのだ。流れる川を橋の上から眺めるような気分で、そう思った。

「――あのお方に、あんたみたいな芯の強さがあったらねえ」

溜息交じりの声に目を転じれば、お半下がまっすぐに往来の果てを見つめている。あのお方って、と問うたお須美を見ぬまま、「昔、あたいがお仕えしていたご側室さまさ」と目を細めた。

「お気持ちの弱いお人でね。たった一度だけ上さまのお手がついたせいで御中﨟に取り立てられちまったんだけど、それが悪かったんだろうなあ。いっつもうじうじと泣き言ばっかりで、すぐに上さまにも飽きられちまった」

大奥ではお手付きとなった女中は、全員御中﨟となり、それぞれの部屋や部屋子が与えられる。お半下が当時仕えていたご側室は町方の出で、その事実もまた彼女を萎縮させたという。

「だからだろうね。小さな犬を一匹取り寄せて、それを自分の妹みたいに可愛がっていらしたんだ。でも結局その犬が、ご側室さまの身を滅ぼしちまった」

まさか、と漏らした声が上ずる。お半下はこくりと顎を引いた。

「鼠からもらったのか、それともその猫みたいにどこかのお局の犬に噛まれたのか分からないけどね。でもご側室さまは自分の犬は腐れ身じゃないと言い張って、そいつの身体が爛れ、鳴き声がしゅうしゅうと息が抜けるばかりになっても、火之番衆から犬を隠し通そうとなさったんだ」

「そのお方は、いまどうなさっているの」

「亡くなられたよ。ご様子がおかしいと睨《にら》んだご老女衆から詮議を受けた翌日、すっかり身体が腐っちまった犬と一緒に、局に起こった火事でね」

恐らくはご老女がたの差し金だろう、と続けたお半下の横顔を、お須美は見つめた。

「じゃあ、お紺の方さまってのは——」

「そんなご側室はいないよ。いや、違うな。大奥にはむしろこれまでに、数え切れないぐらいのお紺の方さまがいたって方が正しいんだろう」

大奥の女たちは孤独だ。だからこそお須美のように——はたまたお半下の旧主のように、腐れ身を庇おうとした者は数知れない。そんな女たちの逸話が降り積もり、お紺の方という名を付けられただけで、彼女たちは無数に在り、また同時におらぬ存在だ。

「もしかしたらお紺の方さまってのは、大奥に巣食う腐れ身の別名みたいなものかもしれないね。だからあんただってこれから先は、お紺の方さまの仲間入りってわけさ」

だがこれまでの「お紺の方」とは異なり、お須美は腐れ身を大奥の外に連れ出してしまった。それればかりかあの侍たちを腐れ身に罹患させ、彼らを人ならぬ身となる病に引きずり込んでしまった。

今は愛らしく自分を振り仰ぐ漆丸とて、そう遠くない日、おぞましい腐肉へと身を変じる。無言でうつむいたお須美の背を、お半下は「気にすることはないよ」と強く叩いた。

「人ってのは勝手なものだからね。これまで大奥だけに潜んでいた病だから封じ込めばかり考えていただけで、それが市中に広まり出たと分かった途端、懸命に治す策を考えるだろうよ。ましてや罹患したのがお侍ともなれば、なおさらさ。上さまから忘れ去られたご側室のことなんぞは、焼き捨てて平気な顔をしておいてねえ」

お半下の言葉通りであればいい。いや、そうあってほしい。さもなくば、大奥で失われた数知れぬ命があまりに哀れ過ぎる。

配下の侍たちが腐れ身に罹患したとなれば、お加久の方とその父は他の側室を陥れるどころではなくなるだろう。ならば当分は、自分たちを追う者はおらぬはずだ。

にゃう、とまた漆丸がかすれた声を上げる。その額を丸めた指で撫ぜれば、長い髭が気持ちよさげに震える。

この愛らしい身体も鳴き声も、いずれ腐れ身に侵されて崩れ落ちる。だが思えば、それは人間とて同様だ。五十年、百年と歳月が過ぎれば、いずれ誰もが死に、土中にその肉体を腐らせる。ならば漆丸は他のものよりも、ほんの少しだけそれが早くなるだけではないか。

共に行こう、とお須美は思った。そう遠くない日、朽ち果てた漆丸を前に涙に暮れる日が来るかもしれないと承知している。だが数え切れないほどの出会いと別れを繰り返すのが、世の習い。ならば知れ切った別れが来るからといって、この腕の中の命から目を背けてなるものか。

お紺の方とは腐れ身の別名とお半下は言う。だとすれば大奥に背を向けた自分は、お紺の方と同じ末路などたどってやるものか。逃げて、逃げて、逃げて。いつか腐れ身が治る方法が見つかる日まで、抗い続けてやる。

お須美は人波に逆らって、足を止めた。そんなお須美をちらりと横目で眺めて、お半下はなおも歩き続ける。

次々と押し寄せる人の背中が、あっという間にお半下の厚い肩を飲み込んでいく。

漆丸が別れを告げるかのように小さく鳴き、小さな旋風《つむじかぜ》がお須美の足元に枯葉を巻き上げた。

終章

長い物語を聞き終え、私は途方に暮れていた。

蘇《よみがえ》る死者。大奥の秘事。そして人魚。ここで耳にしたことを、果たして世に出してよいものか。いや、そもそもこの物語は、どこまでが真実なのか。

「その病――敢えて〝病〟と呼びますが、耳にするのも初めてです」

恐る恐る、私は口を開いた。

私は、自身が掲げる民俗学を確立すべく各地を巡り、深い山中に分け入り、様々な土地の古老に話を聞いてきたが、そんな病のことは聞いたこともない。

だが、仮にその病が実在するとして、今は鳴りを潜めているだけだとしたら。交通が発達し、明治以前とは比べ物にならないほど人の行き来が活発になった今の世に、そんな病が解き放たれたら……。

「このまま、何も聞かなかったことにいたしますか？」

先回りするように、女が言った。

「大陸での戦が泥沼化し、米国との開戦も囁《ささや》かれる今、そのような胡乱《うろん》な話で人心を惑わすわけにはいかない。そのようにお考えなのでは？」

心の裡《うち》を見透かしたかのような言葉に、腹の底がすっと冷たくなっていく。

「いや、そんなことは……」

ない、と言いかけ、私は言葉を詰まらせた。

官界からはすでに身を引いたものの、軍部に睨《にら》まれれば、今の日本で研究を続けることなどできない。そもそもそれ以前に、こんな怪しげな話をいったい誰が信じるというのか。論文にまとめて発表したところで、誰からも相手にされず、学者としての地位を失うことにもなりかねない。

そうだ。私は何も聞かなかった。動く屍《しかばね》など、科学的にあり得ない。すべては、この女の妄想なのだ。目を閉じ、耳を塞ぎ、明日からまた、これまでと同じ日々に戻ればいい。

そう心に決めた瞬間、目の前に漆黒の闇が拡がった。

何が起きたのか理解できない私の脳内に、声が響く。

「では、わたくしの物語はこれまでとさせていただきます。お気をつけてお帰りください、柳田《やなぎだ》先生」


気づくと、私は森の中に独り佇んでいた。

どこからか、波の音が聞こえる。周囲には木々が生い茂っているが、私の居るあたりは家が一軒入りそうなくらい、不自然に開けていた。

また、神隠しに遭ったのだろうか。東北の寂れた漁村を訪れたところまでは覚えているが、そこからの記憶が無い。

不思議と、私は落ち着いていた。幼い頃の経験からか、懐かしさのようなものさえ感じている。

ふと、足元に小さな泥団子が落ちていることに気づいた。

それは型を取って作ったように見事な球体を成していた。器用なものだと腰を屈《かが》めて見てみると、一箇所だけ、虫が這い出たような小さな穴が開いている。

その穴がひどく不吉なものに思えて、私は逃げるように森を後にした。

本書は全編書き下ろしです。
序章・終章は天野純希氏によるものです。

装画・扉絵　山月まり
装幀、目次・扉デザイン　坂野公一（welle design）

歴屍物語集成《れきしものがたりしゅうせい》　畏怖《いふ》

二〇二四年四月二五日　初版発行

著　者　天野《あまの》純希《すみき》
西條《さいじょう》奈加《なか》
澤田《さわだ》瞳子《とうこ》
蝉谷《せみたに》めぐ実《み》
矢野《やの》隆《たかし》

発行者　安部順一
発行所　中央公論新社
〒一〇〇-八一五二
東京都千代田区大手町一-七-一
電話　販売　〇三-五二九九-一七三〇
編集　〇三-五二九九-一七四〇
URL https://www.chuko.co.jp/

DTP　平面惑星
印　刷　大日本印刷
製　本　小泉製本

Published by CHUOKORON-SHINSHA, INC.
Printed in Japan　ISBN978-4-12-005779-3 C0093
定価はカバーに表示してあります。落丁本・乱丁本はお手数ですが小社販売部宛お送り下さい。送料小社負担にてお取り替えいたします。

中央公論新社の本

猛《たけ》き朝日

天野純希

この男が幕府を開いていれば、殺戮の歴史はなかった。類い希なる軍略で平家を破り、男女貴賤隔てない登用で頼朝や義経より早く時代を切り拓いた武士。「朝日将軍」木曾義仲の鮮烈な生涯。野村胡堂文学賞受賞作。

単行本

月《つき》人《ひと》壮士《おとこ》

澤田瞳子

「全き天皇であること」、その何人にも推し量れぬ孤独。母への想いと、出自の葛藤に引き裂かれる帝——国のおおもとを揺るがす天皇家と藤原氏の綱引きを背景に、東大寺大仏を建立した聖武天皇の真実に迫る物語。

中公文庫

戦神《いくさがみ》の裔《すえ》

矢野 隆

生まれた時から平氏に家族と、自らの自由を奪われた九郎義経。やがて訪れた挙兵の時。獣すら降りられぬ鵯越の崖の上で、男達の意地が燃え上がる！ 心震わす痛快歴史小説。

単行本